张甲林中短篇小说集

欧洲人

张甲林 著

Editorial Comte Barcelona
巴塞罗那伯爵出版社

The EUROPEANS

First edition
Editing by Qinfeng Zhang
First printing April 2020
Published by Comte Barcelona

ISBN: 978-84-121969-7-9 (Paperback Edition)
ISBN: 978-84-121969-8-6 (Digital Edition)
Visit https://comtebarcelona.com

书名：欧洲人：张甲林中短篇小说集
著者：张甲林
版次：2020年4月第1版
编辑排版：张秦峰
出版发行：巴塞罗那伯爵出版社

ISBN: 978-84-121969-7-9 (平装版)
ISBN: 978-84-121969-8-6 (电子版)
详情可访问网站：https://comtebarcelona.com

作者自序

本书的作者和本书的人物，都是地地道道的黑眼睛和黄皮肤，却选用《欧洲人》为书名印出这个集子，确实显得不伦不类。

记得在我出国前，在伤痕文学时代，我在河南省的一些文学杂志上，发表过《盗火者》、《觉醒》、《处理品》、《啊，娜娜！》等几篇小说和散落在当地报刊上的一些诗歌，竟然引起了文学评论界的注意。在 1979 年一期的河南青年杂志中，一篇文艺评论呼唤要注意暂露头角的青年作家，里面居然有我的名字。后来我想，如果不是我 1982 年飘洋出国，或许在中国也能混个作家一类的头衔。但命运是没有如果的，我也注定成不了作家。

上世纪 80 年代初，封闭得如铁桶一般的中国突然敞开了国门。正当社会主流弹冠相庆，万民欢呼浩劫结束时，一群人却静静地走出国门，最终形成了 80 年代的移民潮。在这个人群中，有旧时代的政治贱民，有刚从监狱走出来的无辜者；有城市里找不到食物的流浪汉，也有大深山里累弯腰的农民；有迷茫的知识分子，也有失意的政客。到了 90 年代涌出国门的还有大批的国企下岗工人，以及冒险家与淘金者，这些以各种方法进入欧洲国家海关关隘的人群，滞留下来终于成为了"欧洲人"。

国军桂系名将白崇喜的儿子著名作家白先勇，写了一本短篇小说《台北人》轰动一时，至今不失为文坛经典。但打开书本，哪有半点台北人的影子，分明是一群在台北的土地上，生活的上海人、浙江人、四川人、南京人。他们带着历史的阴影，活在台北的阳光下，难怪会演绎出陈旧而新鲜的故事来。

黄埔军校出身，毕业于西班牙三军参谋大学的家父，在 80 年代初把我接到西班牙，一晃近 40 年了，我熬成了手持欧洲护照的欧洲人。而同期来到欧洲的华人，无论他们的国籍是否变化，也都可以算是"欧洲人"了。在这人群一路走来的历史隧道里，我们随手抓一把空气嗅一嗅，这些欧洲人全然尽是中国味。

这群欧洲人生活习惯，饮食方式，甚至咳嗽打喷嚏，都因不同于欧洲土著而被人冷眼，视为没素质。原本生活方式是可有不同，然而绝无高低之分的。习惯隔着山沟喊马的山里人，怎能和办公室里白领们细声细气的对话相比论。端碗高粱米蹲在土旮旯就咸菜的汉子，如何要求他和法国餐厅的食客那样，在脖子上系条雪白的餐巾。于是一个民族几千年形成的生活方式被丑化了，被歧视地贴上素质低的标签。

一个生活在没有商品概念国度的人群，一下子掉进了商品的汪洋大海，自然会张皇失措。一群手拿锄头的农民，在大马力耕耘机面前一定显得苍白无力。这群"欧洲人"，在欧洲从事着土著欧洲人放弃了的最累最无聊的工作，而换回的是极其不等的回报。他们完全不了解欧洲土著精英们，如何在法律的边缘吸走了巨大的财富。生存和赚大钱的欲望，使他们变得聪明起来。他们变着法子在法律的边缘行走，以最浅薄的花招玩着小戏法，于是招来警察和法院的登门，如临大敌的全副武装军警，动撤出动，整营整团的士兵，把这群"欧洲人"置于恐惧之中。经验使他们试图向权利献媚，而权贵们在接受媚眼与美酒后，却丝毫不讲人情。这是一群带着古老文化的脚镣，在欧洲土地上跳着华尔兹的舞者，用自己古老的文化筑成围城，在围城里过着自己小日子的东方来的"欧洲人"。

这些有血有肉的人物，这些充满传奇而惊心动魄的创业故事，甚至堪比欧洲人开发美洲大陆的历史。在这个历史中，涌现出无数顶天立地的英雄，也倒下不少悲剧的角色。于是我尝试用小说，散文一类的文学来记录她们，形成了这本不伦不类的文字。或许可当文学作品来阅读，也或许可以给那些专业研究海外华人史的专家们，提供一些形象的文字资料。

这本小册子收集的文字，全是这群"欧洲人"呼吸跳跃的音符，传递着他们的挣扎、拼搏、呐喊和呻吟。这本小册子讲述的故事，展示着他们（也包括我自己）的可爱、可怜、可敬甚至可恨的传奇，但是除了爱、怜、敬以外，的确让人恨不起来。这群"欧洲人"的第二代第三代，或许已经成为真正的欧洲人，也许在不经意间，流露出对父辈经历的蔑视。但正是他们用古老的脊梁，筑起了让后人们从古老走向文明的桥梁。

我们应深深地记住他们，这群傻乎乎，不知天高地厚敢打敢拼的欧洲人。

张甲林

2020 年 4 月 1 日于巴塞罗那

目录

鞋王与他的吉普赛女人

（一）情人节送花受辱

鞋王马友协，出生在沂蒙山区大山里，小名叫土豆。那时山里很穷，几代人都是打光脚丫子，有的人家居然只有一双鞋，多数也是出门有啥事的轮流穿一穿。到了父亲送土豆上小学那天，父子俩光着脚走了五里多山间碎石路，儿子的脚板嫩，被割出好些口子流了很多血。

当父亲把土豆背进学堂时，老师问孩子总得有个学名吧，当爹的想也没想就说，就叫个"马有鞋"吧。理由是只希望儿子念了书将来有鞋穿。老师觉得"有鞋"这个名字太有点那个，在花名册上写上了"马友协"三个字，从此土豆就叫马友协了。

友协上世纪15岁来到了风光迤逦的巴塞罗那，打了5年工后，20岁那年托朋友的福气空手套白狼做起了鞋的生意。二十多年来他把自己的友协品牌，送进了从巴塞罗那起，沿着地中海向南几千公里海岸线的数以千计的老外店铺中，鞋王的名字也就传遍了这个伊比利亚半岛的国度。

如今马友协已经是步入中年了。比起二十多年前，他那一米八的个头更加宽厚，短平头发粗黑粗黑的，更像一把黑色的棕刷子。那对青春灵动的不大的眼睛也定了下来，逼射出一束清冷的光。一举一动已消失了山里人的土气，流露出商场老手的自信与洒脱。

现在，他下意识的摸摸刮得泛青的下巴，拉了拉腥红色丝质领带，钻进了银灰色的奔驰车里，这个赤脚长大的鞋王，要沿着海岸线，再走一次 20 年前创业之路。

当年他开着一部二手雷诺小货车，装着一车从朋友那里赊来的温州鞋，从巴塞罗那出发，经历塔拉戈纳，卡斯特永，瓦伦西亚，阿利坎特，穆尔西亚，抵达安达鲁西亚重要城市马拉加。这近一千公里的海岸线，他每星期要跑一个来回，这漫长的海岸线，留下他多少创业的艰辛和浪漫的情怀。

20 年前的 4 月 23 日，他来到塔拉戈纳省的一个小镇，正碰上加泰罗尼亚的情人节圣乔治（Sant Jordi）节。

年轻的马友协听到了一个凶恶的龙、一位美丽的公主、以及一位骑士的传说。

这是很久很久以前，在一个叫白山（Montblanc）的村庄有一只当时所有的龙群中最强大且有力的龙，因为它可以自由来去，穿越天空、穿梭海洋、深入土层，完全没有它到不了的地方。

这只龙每天可以吃下三只羊，且愈发不可收拾，食量愈吃愈大；到最后这个城镇的羊完全被吃光了，这只龙也开始吃起马来。然而食物总有被吃完的一天，直到有一天人们不得不在城镇上挖了一个凹槽，打算将人推选去来当成给龙的献礼，以止它的饥饿。

可是要先牺牲谁呢？

当时这个城镇的国王是个加泰罗尼亚人，他有个很漂亮的女儿。有一天，从城堡外传来了一阵阵人民的声音，要求国王：如果要牺牲人的话应该先从他的女儿开始才是呀！

赞同声愈来愈烈，国王无奈只好接受了人民的要求，打算将自己最心爱的女儿拿去当贡礼。

这一天，公主将自己装扮了一下，离开城堡前往龙之所在处"献礼"。

突然间一位骑着马、全身装着武装的年轻骑士出现在人群中，他打算来解救公主，不让公主成为龙的贡礼。

这位骑士并不是当地的加泰罗尼亚人，他来自海外，长得就像阳光一样俊帅、散发光芒，他的名字叫圣乔治。

圣乔治用着极快的速度，愤怒地撞向那只龙正朝向公主的龙；那只龙在完全没有防范的情况之下，被圣乔治撞得受重伤。龙受伤之后突然变得很温驯，就像只绵羊一样；圣乔治拿起他的长矛往龙的身上猛力刺入，这只龙就像是被熔化一般地熔化在土地中，消失不见。

这个时候在原本龙所在之处长出了一丛丛的红玫瑰花，颜色鲜艳地像血一样。圣乔治采了其中一朵最美丽的红玫瑰花送给了公主，公主登上了圣乔治的马，在充满喜悦与幸福声中通过了直到现在仍被称之为"圣乔治塔门"（Torre-Portal de Sant Jordi）的城门，快乐地离去。

从那时开始，白山镇的国王、人民们不再心惊胆跳地过生活了。每年的 4 月 23 日，也就是圣乔治，被称为"加泰罗尼亚情人节"，在这一天男人送玫瑰花给女人，女人送书给男人，所有的人都走上街头为这个浪漫的日子而狂欢。

我们的主人公显然被传说中骑士和公主的爱情故事感动了。他在酒吧里买了一支鲜红的玫瑰花，向坐在吧台边的一个金发女郎走去。当他红着脸把玫瑰花，送到金发妹妹手上时，金发妹妹却轻蔑的瞟了他一眼，把鲜红的花儿抛到门外去，嘴里还骂了句"chinito"[1]。

受到侮辱的马友协涨红着脸，双手攥拳愤怒地瞪着金发妹妹，却在周围几个嘻皮的轰笑和嘘嘘声中，扭转身向们外走去。

（二）天上掉下个林妹妹

友协气呼呼冲出酒吧，却见一女子正弯腰拾起被金发妹妹扔掉的玫瑰花。这女子17岁模样，中等个头，穿一面袭料粗质深褐色的连衣裙，连衣裙很长一直拖到面脚，腰中系着同色的腰带，在腰际散下无数细丝丝，修长的脖子在地中海阳光下，闪着淡咖啡色的光，一对大眼笑盈盈地向友协走去。她走到友协面前，举起玫瑰花莞尔一笑说声："谢谢！"

女子接着说："我叫玛利亚，今天情人节没人送我花，我可以理解这花是你送我的吗？"

友协现在听明白了连声回到："当然可以，可以……"

"你叫什么名字？"玛利亚问道。

"我叫马友协…哈哈，我们还同姓呢！"

---

1. Chinito 为西班牙语中对中国人的蔑称，直译为中国佬。

"友…协…"玛利亚艰难地重复着。

"我没准备书，我请你喝咖啡吧。"

聊天中友协知道玛利亚是吉普赛姑娘，家住安达鲁西亚马拉加市，这回来塔拉戈纳看亲戚，今天正准备回家去。

反正顺路友协决定把这姑娘带在车上，既是个伴没准还是个生意上的好帮手呢！

果其不然，玛利亚除了唱了一路歌，还给友协提了个建议说："你应该在阿利坎特地区设个中转仓库，我可以让我们家族都进你的鞋，我们吉普赛人可以把你的鞋通过跳蚤市场，卖到阳光海岸和安达鲁西亚。"

玛利亚的计划太庞大了，太吸引人了。友协除了接受还能说什么呢？

在玛利亚的指引下，货车开进了阿利坎特市 20 公里外的一个叫雅鲁的内陆小镇。全镇只有 200 人，几乎全是老人和儿童。镇长是村口唯一的酒吧老板兼着，跑堂则兼着警察，逢节日穿上警服维持治安。

友协花了 10000 比塞塔[2]，租下了一个 250 平方米的废弃作坊，在玛利亚的帮助下，花了两天的时间把作坊的办公室，改造成了一间宽大的卧室，在窗台下放了办公桌和几把椅子，玛利亚又弄来几盆花木摆在室内，一个美伦美唤的生活工作空间便出现了。

五月初的阿利坎特是很热了，沿海的沙滩上已挤满了游人。这天，他们把"友协鞋业公司南部分公司"的招牌，订在门楣上后，已是下午 9 点钟了。太阳刚刚退场，一轮弯月照着 6 平米见方底的小天井，地上铺着带花纹的猩红色地砖，墙四周从砖逢中挤出绿绿的草来。院

---

2. 合计约 60 欧元。

中央有一座水池，用蓝底白色碎片镶嵌。此时，玛利亚用手捏住软水管的出口，水向箭一般射在友协身上，击出一片水花。

"是喷泉哦！"玛利亚快乐的叫喊着……迫不及待的耀上天空，把自己紧紧地贴在墨兰墨兰的幕上，却把一末金色的光，洒进了友协南部仓库的小天井里。

友协用手挡住眼睛，任玛利亚把暖哄哄的水泼在身上，"喔喔"舒服的吟着……

突然，友协夺过软管，把水柱泼向玛利亚。马利亚的头发散落下来，黑亮黑亮的垂向腰际，水沿着头发把低胸连衣裙裹在身上，勾画出美丽的曲线，过早成熟的乳房，浑圆地挺在月光下。

友协呆呆地看着眼前的美女，仍凭水柱哗哗地流在地上，玛利亚却嘻嘻哈哈笑弯了腰。突然，她仰起脸来，正好碰到面前这个高大男子火辣辣的目光，玛利亚冲友协嚷道："喜欢我的乳房吗？"说着一挥手褪掉了连衣裙，露出湿漉漉的身体来……

（三）玛利亚要和友协结婚

友协和玛利亚好上了。年轻而貌美的吉普赛女郎，使第一次接触女人的友协几乎疯狂。友协几乎常年和玛利亚居住在雅鲁小镇，黏糊在那个 250 平方米的商住两用的仓库里。两三年后，玛利亚的亲属和族人们，开着各式各样的汽车，把友协牌的运动鞋，摆上了两千公里的海岸线大大小小城镇的地摊，友协也几乎融入了这个过着半流动生活的民族。

他习惯听那些挺着大肚子，手上和发上戴着各种亮晶晶金属环的吉普赛女人们和拍巴掌的节奏，大声吆喝的叫卖声；他学会了在地摊边吃饭，用右手的小刀，熟练地在肉肠上一转，切下一小块丢进嘴里嚼着，再举起有着长长而弯曲壶嘴的粗质陶瓷酒壶，让壶嘴流出的紫红色酒酿，在空中划一到弧线进入嘴里；他经常依靠在简陋的乡村酒吧门楣上，看着咖啡色的男孩，和比自己大一倍的德国狼犬嬉闹；也喜欢在收摊后，一大群人在夕阳的余晖下，用巴掌伴奏扯开嗓门，唱起他怎么也听不明白高亢而优美的歌。有时，他自己就感觉到自己就是他们中间的一分子，他甚至会用吉普赛人习惯的粗语调侃和骂人；尽管他和玛利亚的关系在族群中以公开，但是还敢当着玛利亚和别的女孩调情，他已浸透在这个民族粗放、浪漫、无拘无束的文化里。

这是上世纪九十年代初叶的一个中秋，虽然雅鲁小镇的居民不知中秋是个什么日子，但这个离地中海边只有几十公里的山村月亮，依然是圆圆的。她把自己贴在起伏的墨绿山丘上蓝茵茵透明的天幕上，温柔的俯视着大地。她看见在一个小天井里，友协和玛利亚躺在一张凉席上，双手交叉托着自己的头，也正在看着自己。突然马利亚左侧过半裸露的身体，把右臂搭在友协的胸上说："我们结婚吧！"

友协好像是没听明白玛利亚在说什么，仍然望着圆圆的月亮，似乎在寻找小时候外婆给自己讲过的故事中的美女嫦娥。

突然他感到玛利亚在推自己，他看到了一对略带怒气的眼睛，"你没听见我在对你说话吗，你在想啥呢？"

友协不是没听见玛利亚的话，只是他不知道应该如何回答和身边这个女人结婚，这是他连做梦也没想过的问题。这里是欧洲，男女同居是很平常的事，何况这个民族和自己太遥远了。

友协没有正面回答，这引起玛利亚的不快，玛利亚撅起嘴唇嘟囔：

"不想结婚没关系，告诉我就是了。"说吧玛利亚便把友协独自丢在天井里，回到屋里去了。

友协是爱这个女人的，这个过早成熟的吉普赛女人，用自己民族特有的浪漫、疯狂、淳朴与真诚紧紧地包裹着友协这颗流浪者的心。他常常下意识的觉得，自己已经离不开这个女人了。每当他去巴塞罗那进货，他总是办完事就回头，一天也不愿意多逗留。

虽然友协已经习惯了吉普赛人的生活，但是他发现，这些曾经令自己陶醉的异族文化，一碰到结婚两个字时，便轰然崩溃。23 岁的他也幻想过恋爱与结婚。他梦想在自己事业成功后，娶一位皮肤白白的金发女子，把她带回他生活过的古老而依然贫困的山区，他幻想着这位长着魔鬼身材的蓝眼睛妻子，会在家乡引起多大的轰动，而自己的父亲那张沟渠纵横的脸上，又会洋溢着多少迷茫不解地自豪。

但如果他带回家的是玛利亚及家人，他的山村将如何面对这群敲击着巴掌，扯开嗓门唱起他怎么也听不明白歌曲的粗放、浪漫、无拘无束的亲戚们。

爱情，这个在理想世界中最纯净甜美的果实，却在现实生活中被民主与文化的隔膜撕裂着。

友协十分喜欢玛利亚眼里燃烧着的激情，这种激情常常使他疯狂。然而现在每当玛利亚，用这对眼睛盯着他时，他却一阵阵的恐慌。他开始有意躲避玛利亚，常常借口回巴塞罗那定货而迟迟不归。这次定货他躲在朋友家快一个月了，玛利亚突然在家门口栏住了他。

现在他躺在床上，玛利亚俯在他身上用那对他熟悉的眼睛直勾勾地盯着他，他害怕看到她那期待的和询问的眼神，借故把头偏开躲避对方的视线。

玛利亚却用力把他的头扳过来，逼视着他说到："回答我！"声音带着愠怒。

友协知道她又在问结婚的事情，他躺在她身子的下面，看着俯视自己的那双眼睛，回答道："行行。"

玛利亚是何等聪明的女子，她从友协的眼睛里看到了恍惚与应付，从友协的声音里听到了谎言。她一翻身坐了起来，一挥手给了友协一个耳光，嘴里恶狠狠地骂道："混蛋，去死吧！"然后怒冲冲地走了。

女人生气时给自己情人一个耳光，对于她们民族的习惯来说，的确算不了什么大事，最暴力的是男人会回敬自己一耳光。而这种冲突，也许脸上火辣辣的感觉还没过去，两人便又戏耍在一起了。

可是玛利亚的这一记耳光，偏偏是打在友协的脸上，而友协又偏偏是距离她十分遥远的民族，而这个民族几千年的"男尊女卑"的传统，在上世纪 90 年代初期，还深深融化在这个从大山里走向欧洲的中国男人的骨髓里。

玛利亚后来给自己朋友说："我怎么也没法想想，我这一耳光竟然把他给打进了地狱。"

（四）友协重踏创业路

然而事实上并不像玛利亚说的那样，一个嘴巴把友协打进了地狱，但友协的确感到了极大地侮辱，决心要离开这个曾使自己爱的疯狂而又不可理喻的女人。

血统授予友协的精明和狡猾，使他很快找到了解决问题的办法。

他找到当地一个有阿拉伯血统的安达鲁西亚人预支了一笔钱，这个脸颊总是刮得铁青的安东尼便成了他的南部鞋业经理。为了彻底抹去自己的痕迹，他让安东尼换了个招牌，叫安东尼鞋业，老板还是他马友协。

利益使这位安达鲁西亚人恪守着这个秘密。当玛利亚跑进还是那个"友协鞋业公司南部分公司"的小院找她的心上人的时候，发现公司名称已经变成了"安东尼鞋业。"

"这是怎么回事！"玛利亚冲着安东尼喊道："请你告诉我，他在哪里！"安东尼眯缝着灰色的眼睛耸耸肩头对叫喊的玛利亚说："有人说他好像回中国了。"

现在，友协下意识拿了拿腥红色丝质领带，钻进了银灰色的奔驰车里，这个赤脚长大的鞋王，要沿着海岸线，再走一次20年前创业之路。那位阿拉伯血统的安东尼，临时充当着司机的角色。汽车沿着地中海边的二号公路，从东南方向驶出巴塞罗那市区后，安东尼把方向盘向右一打，汽车便钻进了高速公路。坐在后排的鞋王，察觉到汽车微小的波动，眉头轻轻的绉了起来，他拍拍安东尼的肩头说："回去走海边！"这语调低沉而果断，像一个将军对下属发布命令。

从巴塞罗那沿着地中海边崎岖而俊美的山间公路，经过塔拉戈纳省，进入瓦伦西亚大区抵达瓦伦西亚市，向南穿越阿利坎特、穆尔西亚、马拉加……这几千公里的路程，在开始创业那几年，我们的鞋王每一个星期，都要开着他那部黄色的雷诺小货车跑个来回。

他每当到达一个城镇，都要把车停在市区外的免费车场，背起一个硕大的塞满鞋的背包，走入商业区去寻找那些愿意接受他寄卖商品的鞋店。

　　这是一条神奇的公路，20多年来把一个赤脚的农民孩子变成了鞋王。友协每当他看到友协牌运动鞋，陈列在耐克、阿迪达斯这些世界级大牌的同一个橱窗时，内心便涌出一股难以克制的冲动。友协用了5年的时间，跑了50多万公里的路，磨破了5双运动鞋，报废了两辆雷诺小货车，奠定了自己事业的基础，收获了大量财富。他熟悉海岸线几百个大小城镇，访问过四千多家鞋店，他清楚那些纵横交错的街巷，就好像清楚自己身上的血管。

　　他神奇地发现过巨大的溶洞，那些倒悬的乳白色融柱和竖立的乳黄色融柱，狼牙般交错在一起，在那丝拼命挤入的光线里，闪着奇异的光。

　　他结识了世界上最勇敢的男人，这个有狼一般的绿色瞳孔的德国中年男子，在深山中圈养了300多支野狼，用来自世界不同地方的狼的造型，做成千姿百态的礼品，吸引着来访的游客，打造出著名的狼园。这位狼主，居然让两匹狼同时搭在左右肩膀上，伸着长长得舌头舔自己的脸。

　　他也认识了一位比利时老人，这位腰都直不起来的妇人，在一片荒山上用废弃的材料，搭建成了一片简陋的建筑物，收养着几十条流浪狗。老人每天会开这一部破车到城镇收取被遗弃的食物，然后背上山给狗狗们吃。当友协好奇地用英文和她交谈时，发现这位比利时妇人，几乎失去了和人对话的能力，30多年她独居在这荒山上，送走了一批一批的狗狗，又收容着一批一批的新来的狗狗。当友协看见她喂狗食物时，几十只狗狗围着她欢快的跳着叫着，不禁流下了眼泪。对于老人的了解，友协仅仅知道，她是个基督徒。

　　友协这次南下，还有个埋藏在心底深处的愿望。

　　他离开玛利亚已经20年了，虽然他也想把这个女人从记忆中抹去，但是他一次又一次地失败了。在他的脑海里，尤其是当他躺在柔软的沙滩上，静静地望着蓝得透明透明的夜空那一弯月儿时，他总会看到玛利亚，穿一袭一直拖到脚面，面料粗质深褐色的连衣裙，腰中系着同色的腰带，在腰际散下无数细丝丝，闪动着一对大眼笑盈盈地从月中向自己走来。

他想知道，那位曾使他如痴如醉的吉普赛女人过得还好吗？

聪明的安东尼深知他的主人心里在想什么，他花了近七个小时，直接把车开进了雅鲁小镇，停在了挂着"安东尼鞋业"招牌的小院门前。

进了小院，一切格局都和 20 年前一样，只是新装修过，显得更加亮堂。卧室更是保留着过去的色调，只是两米宽的床上新换上了洁白的被单，友协决定今晚就住在这个卧室里。一天的旅行，他确实感到有些累了。安东尼走后他简单的冲了个凉，便钻进了被窝。但是他没有睡着，他太熟悉这里的一切了。

窗户外是 6 平米见方的小天井，蓝得透明的夜盖在天井上面，蓝色的顶棚挂着一盏月牙形的灯。地上还是铺着带花纹的猩红色地砖，墙四周从砖逢中挤出绿绿的草来。院中央还是有一座水池，用蓝底白色碎片镶嵌着。就连空气中弥漫的气味，他都那么熟悉，甜甜的，香香的，那是玛利亚的味道。

（五）弗拉门戈的故乡

安东尼已把自己的老板带到了弗拉门戈故乡安达鲁西亚的首府塞维利亚。

　　1425 年，吉普赛人从印度来到安达鲁西亚，也带来了带有浓郁印度风格的歌舞。那时的安达鲁西亚仍在阿拉伯人的统治之下，各地光复后，作为异教徒的吉普赛人遭到了天主教宗教法庭的迫害，统治当局试图将吉普赛人全部种族灭绝，吉普赛服装和语言都遭到禁止。种种的法律约束和限制使得一些吉普赛人、摩尔人和犹太人不得不躲藏到地形险峻的山区生活，以逃脱当局的追踪。很多年之后，不同文化在这里融合、滋长，便形成了神秘伤感、豪放泼辣的弗拉门戈。弗拉门戈艺术反映了吉卜赛人贫穷、悲惨的命运和处境，并通过歌、诗音乐和舞蹈来表现。

　　在安东尼的引导下，我们的鞋王来到塞维利亚一家最著名的咖啡厅曼莉，曼莉之所以有名，是因为有一个叫曼莉的弗拉门戈舞蹈队定点在这里演出，曼莉咖啡厅座落在城市最繁华的大街中段。

　　尽管刚刚入夏，塞维利亚的白天已经很长了，晚上八点半钟太阳才即将西沉，夕阳把城市笼罩在七彩的光线之中，不知哪里飘来的弗拉门戈的吉他乐曲，把七彩光线拨动得轻轻地摇晃，整个城市都仿佛在红葡萄酒中醉了。

　　进入曼莉咖啡店，四壁都是用咖啡色调的木板包住，几蓬吊在高高屋顶下的水晶质地郁金香灯，和墙壁上一幅幅色彩浓浓的，不知出自那位大师的油画，使大厅显得端庄豪华。然而光线却是淡淡的，只有大厅的东头的屋顶上，射下一股明亮而色彩变换的光束，落在一个五十平方米的舞台上。舞台是木制地板，和大厅处在一个平面上。舞台的边沿有三米多宽的过道，过道外摆满了咖啡座。弗拉门戈吉他手组成的几个男女围成半圆形，站在舞台的左侧。坐在舞台中央的椅子上，是一个着装浓艳，拖着鲜艳的大花叠群的中年吉普赛女人，女人身边是头戴圆桶礼帽，混身用黑得发亮的紧身衣裤裹着的身材高挑健美的男子。

友协和安东尼的座位是第一排的正中。安东尼告诉友协，那个吉普赛女人便是本城红得发紫的舞者曼莉了。

演出开始了。在爆发的吉他旋律中，男女伴唱拍起手来，清脆、响亮如同打击乐器，疯狂地而有节奏响起。

歌手们紧皱眉头，面部表情忧郁、愤懑、歌声嘶哑，但同时又展现出热情、奔放、优美与刚健。在近乎疯狂的旋律和歌声里，舞者出场了。男舞伴穿紧身黑裤子，长袖衬衫，外罩一件饰花的马甲；女舞伴则把头发向后梳成光滑的发髻，抖动着丰满的胸，把多层饰边的长裙，撒成一圈孔雀屏。

曼莉袒露颈项和双臂，舞姿奔放、热情、舒展而优美，踏着响板的节奏，和着吉他的旋律，踏着拍掌歌手的乐点，扬起挣扎呐喊的手臂，扭动激情倾诉的腰肢，从欣喜若狂到万念具灰，从痛恨到嘲讽，从拥有到失去。那微侧身体，昂首挺胸的体态和稍稍低视的眼神，表现出一种冷漠的高傲；而手握响板，脚步踢踏打点，挥舞微微架起的手臂以及击掌等动作又散发出一种令人激动的活力。开始时舞步缓慢，男女舞伴用头和手臂舞出各种优美而傲慢的姿势。渐渐地舞步加快，乐师以娴熟的指法弹拨出急促多变的节奏，气势如狂风骤雨，万马奔腾，紧紧追踪着加速的舞步。突然，吉他手在吉他上弹下最后一响，舞蹈者亮出优美的造型，一切都嘎然而止。接着便是观众热烈的呼喊和暴风雨般的掌声。

友协如痴如醉的观看着表演，当音乐嘎然而止时，他也拼命地鼓起掌来。

对于这种旋律，友协是不陌生的。20 年前他在雅鲁小镇，就经常看过玛丽亚和她的吉普赛亲戚们，在那里小院里的演唱。不同的是那时的演唱，是更随意更无拘无束的。虽然演唱有太多相似的地方，但眼下的演出却更加气势磅礴，震撼人心。

通过十分钟的休整，吉他的旋律又想起来。但这旋律是低沉与缓慢，男女舞者的步履同样缓慢而优雅。他们的眉宇之间锁着愤怒，面部严肃得冰冷，随着旋律的加快，女子飞快的旋转起来，浓艳的长裙在腰间炫出一片彩云。男人的脚步也急骤起来，像一万匹骏马在奔跑，把地板震得山响。伴唱者的巴掌依然是清脆而响亮的，所不同的是没有人唱歌，舞者们的眼睛都流出了愤怒，从不同的角度射向坐在前排的友协。

友协不由自主地打了个寒碜，他仿佛感觉到什么，但满脑子却是一片空白。他微微闭起眼，在旋律中收索着记忆。天呀，这不是玛利亚吗？

她身边跺脚的小伙子，箭一般的目光射在友协的脸上，友协突然感到血脉的膨胀全身紧缩。就在这时音乐停止了，这不寻常的变化，使满场哗然惊鄂。

音乐再度响起时却令人惊讶，居然缓慢而优雅，如泣如诉，玛利亚居然用中文唱了起来："你说过两天来看我，一走就是20年，365这日子不好过，你心里根本没有我，把我的爱情还给我……"

突然台上的人合唱起来，声音变得嘶哑和狂暴："你心里根本没有我，把我的爱情还给我。"

此时我们的鞋王什么都明白了，那男子愤怒的眼神落在他脸上，他甚至感觉到血脉的融合，尽管下面的旋律回到弗拉门戈，友协却什么也没听见，脑子一片混乱继而一片空白，他崩溃了。

（六）没有结果的故事

如果不是有人刻意的安排，这样偶然相逢的概率应以百万分之一来计算。这人便是那个有阿拉伯血统的安达鲁西亚人安东尼。

人们常说安达鲁西亚是音乐舞蹈的故乡一点不假。在安达鲁西亚你会常碰到这样的场景：一个饭店有几十桌客人同时进餐，人们快乐而低声地交谈着，享受着盘中的美味。但是只要其中任何一桌客人，或因为庆祝同伴的生日，或庆祝什么特殊的日子唱起歌来。进餐的人们便会一起激动地唱起来，他们用刀叉敲打的盘碗作伴奏，甚至在饭桌之间的空地上跳起舞来。当你了解到整个安达鲁西亚的土地，都是人们随时随地歌舞的场所后，对安东尼刻意安排这个戏剧般的情节，让友协和玛利亚这对老情人相逢就不难理解了。但是安东尼万万想不到，他自以为得意的浪漫之作，对一个东方男人的冲击意味着什么？尤其当友协知道那位年青英俊的男孩，居然是自己和玛利亚的孩子哈毕尔时，他的神经近乎分裂了。

老实说，马友协20年前为躲婚，从玛利亚视线中消失后，曾经在朋友的介绍下，认识了一个20出头的欧洲当地女孩。这位金发碧眼的姑娘漂亮而风骚，正是友协心目中渴求的那种令他骄傲的女孩。马友协十分欢喜，很高兴地把她介绍给自己圈子里的哥们，也用电话告诉了父母，让山里的老人们着实高兴了一阵子。他经常请女孩下饭馆看电影，并且毫不吝啬地买些名牌手包和衣物送她，暗暗安排着带她回中国见见自己父母的日子，好把婚事定下来。但不久友协逐渐发现这个女孩除了和自己拉拉手外，拒绝和自己有任何更亲密的行为。开始友协认为这位比自己小十几岁的女孩出于腼腆，然而一天友协看到女孩突然出现了喉结，而且说话的声音也变得粗了起来，经再三地追问，女孩承认自己是一个变性手术中的男人，并说自己根本没有刻意隐瞒，只以为友协也是个东方的同性恋者。

这个谜底的破译对友协太过于残酷了，使他两三年都生活在这事件的阴影里，他对外国女性产生了恐惧与排斥，决定回中国去找一个山东女孩算了。这一拖又是十年了，如今 45 岁的钻石王老五仍然可怜地单着。

事实上安东尼和玛利亚联系上也是近半年的事情，尤其是他知道友协和玛利亚居然有个帅气的儿子后，他决定安排一次意外的会面，给自己的老板一场惊喜。可是，在安东尼眼中这场惊喜，对于一个中国人来讲更是一场恐惧。友协觉得自己的助手把自己带到了大西洋海边，眼前是呼啸而至的惊涛亥浪。

友协躺在五星级宾馆豪华舒适的床上两眼盯着房顶上精细的花纹，室内的灯光温馨而柔和，那些花纹模模糊糊在晃动。这花纹多像玛利亚多彩的裙边，晃着晃着便飞快旋转起来。她在舞蹈，像在雅鲁的小院天井里，又好像在今天晚上曼莉咖啡厅的舞台。突然儿子哈毕尔也踢踏起来，两只脚在地板上踢踏出万马奔腾由远而近，最后响在友协的耳边。弗拉门戈沧桑悲情的旋律缭绕在空间，友协听见儿子哈毕尔沙哑的声音："父亲父亲，你可否听见我的呼唤，我已经呼唤了二十年。"

友协，这位从中国大山里赤脚走进欧洲的汉子，这位在商场拼搏了二十多年的倔强汉子，眼角滚出了泪水。

第二天，友协请安东尼把玛利亚母子俩人接到了自己下榻的宾馆。

玛利亚没有化妆，穿一面袭料粗质深褐色的连衣裙，连衣裙很长一直拖到面脚，腰中系着同色的腰带，在腰际散下无数细丝丝，一对大眼笑盈盈地向友协走来。这是二十年前的打扮，玛利亚要用她唤起友协当年的记忆。友协连忙迎上前去，握住玛利亚伸向自己的手，在手背上轻轻的吻了一下："您还好吗？"声音窃窃地，好像干了坏事被老师抓住了得小学生。

玛利亚只淡淡一笑，把哈毕尔轻轻一推："这是你的儿子哈毕尔。"

比自己高出半个头的儿子，一伸臂膀把父亲搂进怀里。父子两人紧紧拥抱在一起，友协感到距离是如此地近，近的能清楚听见儿子的呼吸和心跳。他不停地用西班牙文对儿子说："对不起！对不起……"，好像一口气说了十几遍。

父子突然梦幻一般的见面，自然是激动的。但是两个男人都没流泪，他们把悲伤和喜悦都咽进肚子，父子两伸出的拳头轻轻的碰撞着，表达着爱与鼓励。

听着父亲不停地说"对不起"，儿子用生硬的中文回答"没关系没关系"。但当哈毕尔接着用他们民族的幽默来化解父子见面的尴尬时，友协虽然能断断续续听懂几个单词外，对于儿子的幽默，毫无反应。他看到玛利亚会心地笑时，突然觉得自己和儿子的距离是如此的遥远。

友协很快地调整了自己的情绪，从冰箱里取出几瓶矿泉水递给玛利亚和哈毕尔，但一瞬间，他又把可乐摆在了桌面上。他下意识地感觉到自己的动作有些可笑，但他还是乐此不疲的去拿这儿取那儿，硬是把茶几摆成了一个酒吧台。

儿子伸开臂膀，把妈咪搂在右边，把爸比搂在左边，用大手捏着爸比的肩膀说："爸比，和妈咪结婚吧！看我们是多幸福的一个家。"

友协最担心的事情发生了，真是越怕啥啥就来。友协感到最棘手的问题，被儿子一下子提了出来，他必须清楚的回答，没有半点退路。

友协有些不知所措，他缓缓站了起来。从不吸烟的他，从书架上取出一只古巴雪茄，割去头部用打火机点燃，吸了一口，吐出满屋的雪茄烟的香气。

对于儿子提出的问题，他从来想也没有想过，因为那是已经过去了的，永不会再重复的故事。可是突然出现的儿子，把一切变成了不可回避。他来回地走过去走过来，最后在玛利亚和哈毕尔对面的沙发上坐下，他小心翼翼地望望玛利亚，又提心吊胆的看看儿子，似乎是自语，又像是在对玛利亚说："都二十年了，我们是刚刚联系上，是不是过些日子再谈这个问题。"这句话在玛利亚听来，完全是一个托词，是拒绝的同义词。

屋内空气一下凝聚起来了，静的有些怕人。友协慢慢从床头宽大的柜子里，取出一个黑色的皮箱，皮箱的四角包着黄色的铜片，皮面还印有精致的花纹。

友协把小皮箱缓缓地打开，露出一叠叠崭新的欧元来。他对玛利亚说"这个请您收下……"他本来还想说些做点补偿之类的话，但他明显的看到玛利亚眼中的怒气，便咽下了后半句话。

玛利亚对友协突然地出现是毫无思想准备的。昨天当她在舞台表演时，发现下面居然坐着自己消失多年的情人，被遗弃的情绪是难以控制的。作为艺术家，她用歌声宣泄了自己的愤慨与不满，心绪已平静了许多。这些年他虽然对友协有些怨恨，但友协毕竟给了她一个漂亮的儿子，常使她感到安慰。何况单身母亲在她的族群里，也是习以为常的事情。

今天，她带着儿子来见友协，很大程度上是要儿子见见自己的父亲，回答儿子从小到大一直追问自己的问题。她没有改变目前生活状况的想法，因为自己生活得宁静而充实。可是玛利亚万万没想到，儿子却提出了这个敏感的问题，而作为父亲的马友协，却企图用钱来填补儿子和自己情感上巨大的空洞。

玛利亚站起身来，瞪着愤怒的眼睛，看着友协由于紧张而微微变形的脸，伸出右手用带着长长金属套的手指，指着友协说："你，你，你……"她说不下去了。

突然，玛利亚声音高亢起来，用弗拉明戈的曲调，沙哑而苍凉地唱着："想起从前那些甜蜜的场景，如今已是一片冷漠的表情，再也找不回曾经的感觉，悲哀它已占据我的心。可伶的玛利亚，美丽的吉普赛女神，你为他等候了二十年的光阴，耗费了宝贵的青春。"

唱到这里玛利亚从茶几上拿起已经开了盖子的小皮箱，用左手托在头顶上跳起舞来。儿子哈毕尔也随着母亲的节奏跳起来。玛利亚转了两圈后停下脚步接着唱道："你这个负心的男人，钱就是你的命。"

在爱面前他像雪花一样轻。

玛利亚一边唱着一边把欧元撒向空中，钱像雪花一样在屋内飞舞，缓缓地落向地板上。

"抱起你的钱快滚，快快地滚，请归还我的青春，归还我的情。"

钱依然在屋里飘荡着，像雪花一样，玛利亚和哈毕尔的舞蹈和歌唱却嘎然停止。他们高昂着头，右手举在头顶上，左手扶在腰间，眼里流露出高贵、冷漠、鄙视的神情。继而右手下滑到腹部，深深地弯下腰作了个谢幕的动作。

当她们再抬起头来时，歌舞骤然再起，像风暴席卷山岗像马蹄滚过草原："抱起你的钱快滚，快快滚，还我青春还我的情，还我的情。"

玛利亚和哈比尔，一边跳唱着一边退出了房门。友协瘫倒在沙发里，茫然的望着空中飘散的纸币，像雪花一样轻轻地飘落着……

我们的故事就这样结束了。很长时间，谁也不知道故事中主人公的下落，甚至包括安东尼，也没有他们半点消息。

一年以后，北京西城区长安街二号国家大剧院门前张贴着大型精美的广告，西班牙著名的弗拉明戈大师玛利亚领衔演出，在左边居然是鞋王的儿子哈比尔。

洗碗博士

在阿冷市地中海岸边海滨大道，有家叫"堂吉诃德"的中国饭店，这是 1981 年的 6 月，饭店里来了个不速之客。

在这亚热带土居的男人们，早就扑进兰色的大海里和吐着白沫的浪花热烈的拥抱，而拖着金色长发的女人们，却更喜欢站在浅水里，在阳光下展示自己发亮的浅咖啡色的肌肤和魔鬼般的曲线。而这位不速之客，还依然穿着一身咔叽布深蓝色的干部服和戴顶同色的列宁帽，一看就知道这是刚从中国大陆出来的人。因为他的装束是上世纪 80 年代，大陆能显示身份的常见着装。

他进饭店后，对饭店老板说："我刚到西班牙几天，请多多关照。"说着从口袋里掏出个信封递在老板面前："哦！这是家父给您的信。"

老板接过信不去看，却上下打量起不速之客，来人小 37 岁模样，中偏高的身材清瘦清瘦的，穿着土气可带几分书卷气。

老板 60 来岁，虽然旅居西班牙 20 多年了，还娶了个洋太太，却戴了一副圆圆的铜边眼镜，说是当年父亲在豫东开当铺时常戴的那种，是祖传物件不能丢弃。老板并没去接信，笑呵呵地对来人亲热地说道："阿忠呀，我早就收到老连长的电话了，说是你要来，看把我们的眼都望穿了呢！"老板说着把两手亲热地搭在阿忠的双肩上："来让你王叔好好看看，变了变了，要是在街上碰到真不敢想认啦，你3岁那年往我脖子里尿尿还记得不？"

阿忠知道王叔旧事重提是在套近乎，他父亲在信中告诉过他，这个王叔在大陆时代是父亲的勤务兵，经常让自己骑在脖子上逛街，一次竟然被自己尿了一大泡尿顺着脖子往下流。

但是阿忠心里毕竟热乎乎地，尴尬地笑了笑："对不起啊，王叔。"

王叔一边拿阿忠在餐桌边坐下，一边叫跑堂的送上一杯冰镇可乐，接着说："你爸有恩于我呀，撤退那年他亲自把我送上去台湾的船，你可不知道，那一个名额好难啊，不少营、连长都被丢在上海了。"

王叔喝了口台湾乌龙茶自嘲地笑笑："没法子，就喜欢这一口，我到了台湾后干了10年熬成个连长，一天团里通知开会，说是欢迎新团长上任，你说巧不巧，这个装甲兵新团长居然是你爸，他刚从欧洲回来，我又成了他的部下。"王叔哈哈一笑："这个部下没当两年我就被转业了，你爸对我说'出去混好了，也替老长官铺条路。'我感觉到你爸已经在为你们铺路了。"

"我到了欧洲后，他又把原来他在欧洲读书时的房东女儿，介绍给我当了太太，现在你来了该是我回报老长官的时候了。"说到这里王叔收敛了一脸的笑："阿忠，你对未来有啥打算呢？"

阿忠有什么打算，恐怕自己也没想过，只是30年音信渺无的父亲突然现身了，他怀着寻父的心情，来到了这个国家。现在经王叔不经意的一问，他才认真思考起来。

　　上世纪 60 年代的第二年，文科考试卷设两个作文题目，让考生任选一题。从小就喜欢文学的他，居然一口气写了两篇作文，论分数之高当为文科状元。他持高分心态在自愿上填上了中国最高的文科学府，校长却硬是不让他填这个学院，最后把他送进了当时该城市最差的学院和没人愿意上的专业经济系。

　　为这件事他和校长吵得很厉害，他哪里知道他的档案里有该生不得接受高等教育的鉴定，当他知道这个秘密，已经是在纪念高中毕业 50 周年的会上，近 90 岁的老校长透露出来的。

　　求学的艰难使他产生了突发的愿望，他觉得不到 40 岁的自己可能将获得新的转机，他希望把学业深造下去，他抬起沉思的头来，诚恳地望着王叔依然笑容可掬的圆脸："我想给父亲打个电话，请他帮助我继续攻读经济学博士。"王叔脸上掠过一丝难以察觉得笑："你爸这几十年也不容易哦！读博士是很贵的，何况你听都听不懂哦！"阿忠想，自己未必也太不懂事了，王叔说的对，在机场想买杯牛奶都搞不定还谈什么读博呢。阿忠尴尬地一笑说："我只是这么一说。"

　　王叔依然唠叨着："行行出状元呀，台湾有两个博士，一个是化学博士，一个是教育学博士，毕业后去饭店当了洗碗工，现在都成了大富豪了。我看你就先当个洗碗博士吧！"阿忠似懂非懂地瞪大了眼睛。

　　一个月后，阿忠在王叔的堂吉诃德饭店，获得了一个正式洗碗工的位子。作为地位最低的洗碗工，阿忠每天早上十点必须第一个去开门，然后清洁厨房，洗涤头天剩下的零星碗筷，给三厨师清理油锅，给二厨切菜切肉，再给大师傅准备好所有的调料，往往是早餐慌乱吃上几口便开始招呼客人了。

　　阿忠的工作是洗碗洗锅，要保证碗盘及锅勺的轮翻使用，因此要求必须动作极其快速，那节奏令人想起卓别林在电影中扮演的工人，在拧紧螺丝时的情景。动作稍有缓慢，耳边便响起大师傅的呵斥和跑堂的叫骂声。

身边是堆积如山的垃圾，头发上挂着剩菜，眼镜片上沾着残汤，等客人走了大师傅等人下班后，还必须钻在灶底清洗油污，经常到了深夜1点多，才可以拖者疲惫的身体精神麻木的归去。

俄罗斯作家契诃夫写过一个短篇小说，讲的是一个给财主打工的儿童，大概有7岁左右。他的工作是夜晚看护主人不满周岁的孩子。他必须不停地摇晃摇篮，确保孩子安稳地入睡。这孩子有个习惯，只要摇篮一停止晃动，孩子会便大声地哭泣，因此他就不停地挨主人的鞭打。这儿童被折磨得精疲力竭常常神智恍惚，一天他刚挨了鞭打，满面流着眼泪好不容易把孩子哄得睡了去，他呆呆地看着那熟睡的孩子，突然产生一个感觉，他认为自己所以挨打，是那孩子不安静的睡觉，于是便躬下腰去，用双手掐死了孩子，心想可以不挨打和睡觉了。

阿忠那时的精神状态，与儿童差不多。他工作的饭店有个不成文的规矩，客人一进饭店就开始放邓丽君的歌，但是那美妙的声音对他来说，是通知他开始地狱般的工作。以至很多年后，他一听见邓丽君那缠绵的歌就会流泪。

对于当时劳工的处境，作为一个受共产党正统教育的中国知识分子，自然是不能理解的，他本能地联想起马克思的剩余价值学说，从而对眼前的一切充满了疑虑。

当父亲在信中问他对于西方世界的感想时，他的回答是："眼前是用强者和恶者的欢笑与弱者和善者的血泪，建造起来的大厦。"

阿忠的心事只有王叔最看得懂，常打趣地说："开心点，洗碗博士。"王叔这个无心的玩笑，居然把洗碗博士帽戴在了他的头上，逐渐被叫开了去。

开始阿忠还感觉有些被侮辱，慢慢也就习惯了这个称呼。他在心里暗暗下定决心，一定要当个博士，要当个餐饮业博士，当个餐饮业大老板。

目标定了，阿忠便打起了精神。他把洗碗的动作分解成细节，把完成每个动作的时间缩短到最小，比如他把脏的碗盘集中起来先去洗锅，然后飞快地把盘中剩菜刮进垃圾桶，摞在一起浸泡在有洗涤液的洗碗槽中，左手用海绵不停地搅动，右手却在另一个水槽中冲洗。洗好的锅要擦干锅底和锅心，那锅在他手中旋转得像玩杂技。这样他不仅可以完成自己的工作，还有时间帮助包个春卷，炒个鸡蛋饭，配个菜什么的，这些自然被老板王叔看在眼里，常鼓励他好好干，时不时还给他破例分点小费，还安排阿忠每周一休息，休息那天阿忠太太可做一天零工增加些收入，还诙谐地说："这是给博士的待遇。"

看来老板对阿忠有些偏爱了，居然交代大师傅鲁少尉好好培养一下阿忠，阿忠对王叔自是感恩不尽。这位大师傅原在澳门当过陆军少尉，身高一米八以上，二十六七岁，是一位十分能干而深得老板喜爱的年轻人。由于是单身，老板安排阿忠夫妻两人跟他同住在一栋房子里。

这是一栋二室一厅一卫的公寓，阿忠夫妇住进来前，鲁师傅住着主卧室，他们来后，王叔就叫鲁师傅搬到另一间小卧室去了。鲁师傅虽然心里不快，但也说不出个子丑寅卯来，只是阿忠感觉鲁师傅那双细长的凤眼，再也不正视他了，即便是交代工作，也是两眼望着天花板发出简短生硬的指令："锅！盘！快！"对于这种冷漠和傲慢，阿忠心里很气愤，也向王叔说过多次。王叔每次都苦笑着说："忍忍吧，博士，慢慢就习惯了。"

忍的功夫对阿忠来讲并不难，这是在大陆生活的人普及了的习惯。

从此阿忠就对鲁师傅更加百依百顺，恭恭敬敬，时间长了鲁师傅在对他讲话时，那对凤眼也张开了。阿忠太太每在周一代班回来，也把鲁师傅夸得成个完人似的。

由于洗碗工特累，平时里阿忠上午班结束后，回到家总是一头栽在床上睡了过去，下午四点后这一小觉太重要了，否则晚上八点到凌晨两三点是无论如何也撑不下去的，而太太总是会熬点莲子汤什么的，给老公补补身子。

渐渐地阿忠发现自己小觉醒来后，没有了莲子汤，甚至太太也没了踪影。他总以为这是因为女人喜欢逛市场的缘故，便不大理会由她去了。后来阿忠在路上碰到一个在另一家饭店打工的阿威，阿威调侃他说道："大哥，你不怕没老婆，我们还怕没嫂子咯！"接着阿威神秘的对他讲，要他中午别光睡觉，到周边老虎机游戏店和酒吧多转转。

于是阿忠在上午下班以后顾不得劳累，拖着疲乏的身躯开始追踪太太的行迹。他发现太太和鲁师傅要么在音乐酒吧里聊天品酒；要么在游戏机房里玩赌博机，那种亲昵劲儿，让任何人都感觉到这是一对热恋中的情侣。由于这个镇子的中国人很少，他们俩的故事在外国人当中也流传开来。

一天阿忠把压抑心底的委屈给太太挑明了，没想到太太瞪圆着眼珠子对他嚷嚷："你抓住什么了？我嫁给你一个穷光蛋，有本事你多去挣钱，别来管我的闲事！"

阿忠必然是读书人，换个不读书人可能会拎把菜刀就去找鲁师傅拼命。他深深知道在这个世界里无论你曾经是总统、将军、大学教授、律师或者诗人，面对一个完全陌生的国度，一切既往的辉煌和价值皆等于零。这里唯一的价值标准是你能够获得并支配多少财富。相比之下自己成了一个零。而这位陆军少尉，却因能替老板创造财富而更具有价值。他把这是件事，吞进了肚子。

事后阿忠发现，鲁师傅一反常态在工作中开始刁难自己。一会儿嚷着盘子没有洗干净，一会儿又说锅刷的太慢，影响他出菜的速度，一会儿又说灶台没有清洗干净，反正横挑鼻子竖挑眼，就是希望老板对他产生坏感。阿忠默默的忍受这一切，既不能挑破又不敢跟老板说明，直到一天发生了让他不可再忍耐的事情。

这天又是太太替阿忠带班洗碗的日子，阿忠利用周一休息日去附近小镇上会个同乡。他回到家后已是晚上九点多了，太太和鲁师傅都不在家，他知道他们都在班上，因此蒙头便睡了去。第二天他醒来却发现太太不在身边，一摸床冷冷的，太太根本一夜就没有回家。阿忠赶快跑去敲鲁师傅的门，却也无人应答。他不知发生了什么事情，有些沉不住气了。急急的跑到老板给工人们租的单生宿舍，伙伴们都说昨晚下班后看见他俩一起回家了。

阿忠不得要领的返回住家，却看见太太和鲁师傅都在家里。太太一见阿忠便嚷了起来："你这个人睡得像死猪一样，害得我们连家门都进不了，一天的工钱还交了宾馆费。"阿忠这时候才知道他们昨夜住了宾馆，嗓子里像飞进了一支苍蝇，对太太吼道："你们的钥匙呢？你们都有钥匙呀。"一直不说话的鲁少尉接话了："阿忠，你应该问她的钥匙哪里去了，既然你说你们，也就是问我了，告诉你，昨晚上我们的钥匙都丢了。"说罢一转身向自己房间走去。

阿忠气得说不出话来，他也不知道哪里来的勇气，一巴掌打在太太的脸上。太太也不示弱，两人便厮打在一起。

鲁师傅突然大吼一声"住手"就冲向阿忠，左手抓住阿忠的衣领，把阿忠提了起来，右手食指点在他额头上冷冷地说："你再敢动手，信不信我会扭断你的脖子。"说罢像扔一条死狗般把阿忠扔到了破沙发上。

这件事很快便传开了去，老板王叔不得不介入了。他严厉的斥责这位陆军少尉："你小子真够胆大！你知道她是谁吗？他是团长的儿媳妇！"老板逼着鲁师傅立即搬出他们的家。

当天上午下班后阿忠回到了家，在门口就听见鲁师傅与太太在争吵着什么。他推门进去被眼前的情景惊呆了。少尉用拳头猛砸墙壁，房屋震动着发出："咚咚咚"巨大的声音，墙壁上已经留下了浅浅的坑，雪白的墙上血迹斑斑，太太根本不顾及阿忠的出现，冲上去一只腿跪在地上，抱着少尉的双腿大声哭泣。

阿忠无法描绘自己当时的感受，扭头便离开了家，跑到地中海海边去了。事情已经出现，但生活还得继续。当自己丧失了照顾和保护自己妻子的能力后，妻子把对丈夫的依赖，转移到可以给她提供保护和信任的人身上，阿忠觉着这也是可以理解。

然而对于阿忠这种阿 Q 似的自慰，换得的却是另外一种回报。

被迫搬出去的鲁师傅，已经不再是在工作期间对他进行百般刁难了，这个过去在他眼里感觉挺正派的年轻人，现在突然变得狰狞起来。鲁师傅经常冷笑着哼着一些我听不懂的小调，手拿一把剔肉的尖刀在五指间旋转着，晃出一到光弧，然后"噗"的一声插进他身边的案板上。

少尉每玩一次飞刀，都会把阿忠吓出一身冷汗。从那以后阿忠便害上了恐刀症，只要一见刀便浑身发抖，尤其是害怕鲁师傅拿刀，但鲁师傅肯定是要拿刀的，因为他是大师傅。

据阿忠太太讲，阿忠的恐刀症越来越严重，一次在家里自己刚拿起菜刀准备切菜，阿忠立刻就跳了起来，一把鼻涕一把眼泪，向我求饶不要杀他。

　　这天鲁师傅在案板上剁炸得金黄色的猪排，发出咔咔的响声。奇怪的是鲁师傅还不停地用眼角的余光瞟阿忠，有时故意把刀举得很高，而把刀锋转向他。阿忠神经紧绷着，一动也不动地关注着少尉的一举一动，他总觉得鲁师傅要动手了，至于鲁师傅为何要杀他，他也想不清楚，可能是为了自己漂亮的太太，可太太比这帅哥大十来岁呀，为了个比自己大那么多的女人去杀人值得吗？他想呀想呀，终于想出了少尉要杀他的理由。少尉是军人，军人的天资就是杀人的。他父亲好像又是国民党军人，这就对了，当年上学的时候，老师们天天讲国民党是如何杀人的。看，这个国民党小子的刀锋指向自己了。

　　阿忠不知哪里来的勇气，也许是小学老师讲的革命英雄主义又激励了他，他随手操起一把剔骨刀大喊一声："我和你拼了！"便向鲁师傅冲去。

　　少尉吃了一惊，但军人的素质使他很快做出了判断。他一伸出左手钳住了阿忠拿刀的手腕一扭，刀便飞了出去，右掌向阿忠胸口一推，阿忠便也飞了出去，后脑勺碰在洗碗池的钢架上，当场流出血来。

　　杀人啦！杀人啦！整个餐厅喊了起来，就餐的人们丢下餐具向门外跑去，边跑边喊："杀人啦！杀人啦！"。

　　警察闻风进来了，看了看流血的阿忠，掏出手铐便把鲁师傅拷走了，王老板赶快叫救护车把阿忠拖进了医院。

　　由于王老板的协调，这场风波总算过去了，可王老板的麻烦却远远没有结束。这件事后，鲁师傅罢工七天。好家伙！七天不营业王老板要亏损多少钱？王老板天天哭丧着脸求鲁师傅上班，好话说了一箩筐，鲁师傅说都没用，只要答应他一个条件就行，这个条件就是开了洗碗博士。

　　这博士是能开的吗？把自己老长官的儿子开除还是人吗？王老板陷入了两难的境地。他甚至觉得愁得眼睛都不好使了，把圆圆的铜架眼镜，取下擦了又带上，带上又取下来擦，唉声叹气的转来转去，终于他圆圆的脸上露出了微笑，他拍拍小伙子的肩膀说："鲁师傅，咋们是谁跟谁呀，叫他走！"

　　鲁师傅得意地笑了，笑得很阳光，他知道他一定是胜利者，因为他是厨师，厨师是能帮老板赚钞票的，而人情、过去的老长官都是没用的。鲁师傅一伸大拇指说："老板英明，明天开门！"王老板欢天喜地的告别了鲁师傅，晚上搞了个加餐，说是为了阿忠送行。

　　王老板当着阿忠的面，给阿忠的父亲要通了电话："老长官，告诉你一个好消息，通过半年的训练，阿忠已获得洗碗博士的称号，明天他就离开我的饭店，我将送他去攻读配菜博士……"第二天阿忠叫来出租车，带着太太要去火车站，饭店门口是依依不舍送行的伙计们。车发动了，阿忠从车窗伸出手，向大家告别，鲁师傅冲阿忠诡秘的一笑，大声喊："好运洗碗博士。"

北京来的女高音

早就听说巴塞罗那有一位北京来的女高音，据说文革期间她是著名的京剧样板戏《智取威虎山中》扮演小常宝的演员，这是在当时红遍中国大江南北的主儿。

向导康先生一边引导我穿过巴塞罗那的大街小巷，一边低声地告诉我：小常宝在佩德罗大街开了一家中国花园的音乐饭店。

当时我在马德里开了一家名叫"张家花园"的中国餐厅。其装修不比皇家园林，也是绿树成荫，百花竞艳。联想到我们要访问的主人艺术家的身份，和中国花园如此大气的店名，我真的无法想象中国花园饭店的辉煌。

康先生引我进入了一条狭窄的只能通一辆车的胡同，胡同两边却是中世纪欧式的低层建筑。虽说米黄色的建筑，在时代的风雨侵蚀下已经斑驳陆离，然那厚重的大门依稀地告诉着当年这条街的辉煌。

"到了！"康先生指着一个大门低声地说。

大门的上方向外伸出了一条半米长二十公分宽的木条，木条用白色的绸缎包裹着，却露出血红的四个字"中国花园"。我正在茫然，大门里边却传出了银铃般的叫声："呀呀呀，贵客来了，我早等着你们呢！"

两寸厚的钉着铜环的大门吱吱嘎嘎地费力地开了，门缝中闪出一位女子。该女子40岁模样，中等身材，穿一身枣红色的连衣裙，却在大开的衣领间挂了一条安达鲁西亚产的花纱质围巾。我正在这张依旧好看的面庞上寻找过去小常宝的模样，这女子却一把抓住我的手使劲地摇晃着，两只眼睛像喷火般的热烈。她连拖带揉地让我跨过了一尺多高的木门坎，中国花园餐厅尽收眼底。

实际上这是一个古老的三层公寓的底楼，三十来平方的客厅，摆着四张餐桌，虽显拥挤，但格局不时透露出她歌唱家的身份。女主人自我介绍说自己是李某某后，然后哈哈一笑："你就叫我李小姐好了，全巴塞罗那都这样叫我！"说完，她把我拉到一架很陈旧的钢琴旁边，如数家珍地说："别看它破，这可是18世纪意大利的老古董，音色极好，我全靠它赚钱呢。"说罢，右手在键盘上一划，大厅里响起了悦耳的琴声。

我困惑地问："李小姐，那花园……"她却一瞪眼珠子，嚷道："我就知道你要问，像所有来的人一样。俗！"她指着门外四五平方的天井，天井四壁的下端长满了暗绿色的藓苔，靠墙稀稀拉拉种了一些花儿，倒是天井中间有一尊用白石头雕出来的一米高的柱子，柱子上摆着一盆鲜艳的郁金花。"哦，这就是李小姐的'中国花园'了。"我想。

突然从旁边厨房里走出一个30模样的小伙子，腰间围了一条淡蓝色的围腰，手上拎着一只黄澄澄的烤鸭，喊道："李小姐，鸭子烤好了。"李小姐接过烤鸭，凑到我的鼻子边说："闻闻，香吗？"然后嫣然一笑，倒显有几分的羞涩，对我说："不好意思，虽然我们有约在先，但苏州老板打电话让我帮他烤一只烤鸭，现在正是上客时，我要送过去。"

说罢，也不等我们的反应拉着我们往外走。

一路上我问她："那你的生意谁照顾？"

她哈哈一笑说："还有一个厨子呢！来了客人他就是跑堂。不过我这里客人不多，来的人都会提前给我来电话说是吃饭，其实都是来听我唱歌的。"

当她风风火火地把烤鸭交给了苏州老板以后，顺手从餐桌上拿起一块抹布，揩拭着手上的油腻。冲我说："久闻大名，今天本姑娘一定要好好招待你。你等一下，我去开车。"

约莫五六分钟，李小姐开着车来了，这是一辆破旧不堪的雷诺小轿车，你甚至可以联想起废旧汽车厂里被遗弃的车辆。我们坐在这辆车里，她轰轰隆隆地把我们拉到了奥林匹克海港。当车快到奥林匹克海港入口处，她看到三十米开外的地方有两个警察在检查车辆。她把车往路边一停，拉着我们就跑，并气喘吁吁地告诉我们："这辆车已经八年没有交过保险了，如果被警察拦住，这补交的保险可以买八辆这样的车了。"我困惑地问："这里是要被拖车的。"她又莞尔一笑"拖了我送他，不拖我捡着。"

巴塞罗那奥林匹克海港的虾王饭店的五家分店一字形地占据了三十多米的街面。一百多米开外的地中海港湾里停泊着无数形形色色的私家游艇。一只船身长一百公尺的高约五层楼的大型邮轮，在地中海的阳光下闪烁着迷人的光彩。餐厅的跑堂是一个皮肤黝黑的秘鲁人。他耸动着黑漆般明亮的小胡子，用生硬的中文冲我们说道："李小姐，这边请。"看来他们是老熟人了。在暖烘烘的地中海的阳光照射下，我们品尝着伊比利亚的棕色的火腿片，吃着橙色的海鲜饭，那鲜美的龙虾肉和百乐白葡萄香气混合在一起，实在是一种享受。

　　饭后跑堂送过来账单，李小姐浑身一摸，惊叫起来："哎呀，我怎么没有带钱！"她一耸肩，一摊手，用眼神向我询问着怎么办？

　　为了在一个漂亮的女人面前显示我绅士的风度，我迅速地抽出了维萨卡，扔在账单上。

　　李小姐却一手按住了维萨卡说："别慌，让他们端三杯榛子酒来，这是赠送的。"当我端着浓稠的黄澄澄的榛子酒，闻着它香甜的气息时，李小姐却一扬头将一杯酒倒进了口中，接着一串甜蜜的流畅的圆润的歌声响了起来："我爱你中国～我爱你～中国……"

　　这甜蜜的嗓音和饱含情感的歌声，混合着浓烈香甜的榛子酒的香气，在地中海上回旋，扩散……

　　突然一阵掌声和尖叫声把我从痴迷的享受中唤醒过来，花花绿绿的各种面值不等的欧元向餐桌上飘来，一眨眼桌上满是欧元的纸币和硬币。李小姐冲跑堂一笑"够了吗？"跑堂一看，呵呵一笑"够了，够了。"李小姐冲我一挥手"咱们走！"似乎还没尽兴地继续地唱着"我爱你中国……"

　　我开始对这位李小姐产生了兴趣。她原毕业于中央音乐学院，在实验歌剧院做过歌剧演员。一次偶然的机会来到了巴塞罗那，本意是想进西班牙的皇家音乐学院深造，但因为没有获得奖学金，最后在地铁通道里以唱歌为业。以后又听说在婚姻上受到了挫折。作为艺术家的她，要求很高，所以至今独身一人。

　　第二次见到李小姐却是一次缘分。我因事业的发展来到举目无亲的巴塞罗那，便投到李小姐门下落脚。那时李小姐已经开了一家还像样的饭店，面积也有一百来平方。除了门面装修成了中餐的红黄相间的阁楼，大门口还装着朱红色的铁质的防护栏。

李小姐像对待所有人那样，对我也表现了极大的热情。她对我讲："你来当大厨吧！"

我尴尬地回道："李小姐，我不会啊。"

她说："没关系，我这里是铁打的饭店，流水的厨师，凡是到巴塞罗那来发展没处呆的人，都跑我这来吃住。谁来谁就是大厨，找到工作后就离开，然后新来的人再顶上，不仅是帮了朋友的忙，每年都会给我省下不少工钱呢。"

我答道："那就试试看吧。"我成了她饭店的大师傅。

那时饭店老板对员工的待遇是包吃包住，李小姐自然也给我安排了个住处。

驻地在一个离饭店不远的偏僻的昏暗的小胡同里，是一个公寓底层临街房。店铺有一百多平方米左右的面积，如果坐落在商业街上，应该是个不错的用途。但因为是在一条人流量很少的小巷，李小姐租下来前，一直被房主用做停车和仓库。

推开门进去，靠墙的两边用木板隔出了十平方米见方的小屋，一边五小间，十间房门上都挂着布帘子，布帘子原色是乳白色，因为时间长了没有洗，有些发黄，没精打采地坠在小屋门口。两排小房中间是一条两米宽的通道，白天黑夜都亮着日光灯，光线不错，但总是折射出惨白。

我们的动静惊动了布帘子后面的人，在半掀开的布帘子缝隙中，镶嵌着一张张笑脸，有男有女，大多十分年轻。这些人都十分热情地叫着："李姐回来啦？"

李姐习惯地扯开她那大嗓门应着："累死啦，累死啦。"

　　走进去二十多米处倒是有一间房屋，房子约三十平米，房内靠窗是一张双人床，床上被子卷在一角，零零碎碎地扔着女人裤头内衣一类的用品，倒是那几本胡乱扔在床上的曲谱和歌本，告诉我这一定是李小姐的住处了。

　　我尝试着问："你住在这里？"

　　"今天开始就让给你住啦！"她在言语中，飞快地把床上的杂物卷起来，一把塞进床帮上的抽屉里。

　　我好像还应该问点什么，李小姐撅起嘴唇，用食指压着，发出"呲"的声音。

　　她压低嗓音神秘地对我说："别大声，那些小木屋里住的都是刚偷渡来的人，他们在这里暂时落脚，吃住我全包，一天才收 15 欧元，我还要帮他们介绍工作，等发了工资后就来结账。"

　　"你不怕他们跑了？"

　　"林子大了啥子鸟都有，"李小姐叹了口气："碰到这种人就认了呗，实际上每个月都会碰上三几个这种不拉屎的鸟。"

　　"那你是西班牙的雷锋了？"我也不知道怎么把雷锋扯了出来。

　　李小姐有些不好意思了："别、别、别夸我，我哪里有那么好？他们缴纳的住宿费，我除了付房东的租金外，一个月我还能有一千多块的收入呢？"然后哈哈一笑，在原地转了个圈，猩红的裙子飞扬，像一朵猩红色的莲花。

　　"那你住哪里去？"我想起刚才想说没说的话。

　　"我住哪？那你就甭管啦！"声音响而脆。

　　慢慢地我就知道了，几年来从这个小木屋里走出去的人，数以百来计算，分布在巴塞罗那大区。有在饭店打工的，有开起自己的饭店的，也有当起了大老板的。她也常常自豪地讲："我没钱，但我走到哪里都冻不着、饿不着。"而且她无论到哪里去，身后总跟着几个蹭饭的主儿，她常常自嘲说自己是"丐帮帮主"。

这天我跟着帮主去蹭饭去了。这是坐落在商业圈的中型餐馆，当我们进餐厅时，150平方米的大厅里挤得满满的。见到我们来了，工作人员们打个招呼便去忙自己的了。而老板居然说了声："来啦！"便不见踪影。我被这种慢待搞得心情十分恶劣，一脸的不愉快被李小姐看了出来。她从酒吧台拿了瓶红酒塞到我手中，一噘嘴说："去给那座斟酒去。"说吧撂下我，拿起菜单去给客人点菜去了。她就是这样忙来忙去，常常跑得满大汗，不知者常常把她叫成老板娘。一开始搞得真老板娘十分尴尬，慢慢地都习惯了。有客人向真老板娘打听事情，如果真老板娘手上忙，便会指着李小姐说："去找老板娘。"

打烊后，饥肠辘辘的李小姐，总是不等打工仔们到齐，便吵着"饿死啦"拿起筷子便吃，而总是一盘鸡蛋炒饭就饱了。这时候是汗流浃背的工人们最快乐的时刻，他们一边吃饭一边敲着刀叉给李小姐伴奏。在记忆中，好像国内的中国人不少喜欢外国歌曲，而这些流浪者却总爱听李小姐唱"我爱你中国"，从独唱到合唱，从专业水平到跑腔走调，往往是唱得热泪满面。

李老板是可爱的，不幸的是我这个大师傅只在她那里干了三天，便自己炒了自己鱿鱼。

这天早上，她告诉我有朋友十一点多订餐，八九点就把我揪了起来，让我去按餐单备菜。当我气喘吁吁地拎着购买的食材跑到饭店门口时，正好是11点。

饭店铁门前有五六个西班牙客人，李小姐好像十分着急地在自己身上的口袋里翻腾着，见到我来了便老远地大声喊道："快来快来，我没钥匙了！"说罢，她就爬上铁门翻了进去，也让我翻了进去，然后指挥着我，从铁门上面递出几张桌椅直接摆在门口人行道上。菜炒好后，把装满菜肴的盘子，从铁门下边和地面之间的缝隙中递出去摆上了餐桌。"这恐怕不好吧！"我向李小姐建议着。

"没事没事，这是我的朋友，等会唱个歌给他们听就行了。"李小姐哈哈笑着说。

客人来了，李小姐赶快迎了上去，分别和两个叫安东尼和马罗罗的蓝眼睛小伙子拥抱了一下，又和两个金发姑娘，做了个贴脸问候，便自嘲般地打着圆场："今天天气不错，我们在室外用餐吧。"

欧洲人很习惯在室外街边就餐，但那是要经过地方政府批准的，对软硬件设施都有很讲究的要求的。

客人们无可奈何的坐在餐桌边，一个女孩当得知李小姐是歌唱家时，轻耸肩膀说："她给我们准备了一个歌唱家的露天午餐。"用微笑和幽默表达了他们的不满。最后李小姐打了个五折给客人，又唱了两支歌欢天喜地的送走了客人。

李小姐欢天喜地的送走了客人，可是客人走后她怎么也再欢喜不起来。两个女孩子的投诉，把警察、卫生局都招来了，又是查居留又是查执照。李小姐被检查折腾了两三天，本来蛮好看的圆脸，一下松弛了下坠成个长形脸。眼睛也不亮了，且常含一股子怨气。

不知是何时兴起的规矩，只要饭店出点麻烦，饭店老板总是要拿员工说事。不是菜的味道变了，就是杯子没洗干净了，搞得个人人紧张兮兮的。

她不以为门外就餐因犯规而被查，偏偏要怪我的菜味道不对。冲我嘟嘟囔囔了一天，还甩脸子给我看，第二天就带个人进了厨房这里摸摸那里看看。

我是当过老板的，也知道这就是要"炒鱿鱼"的信号。当晚打烊后我对李小姐笑着说："我找到饭店了，过两天就办理过户手续了，让我辞职吧。"

李小姐宛然一笑："没人赶你呢！"我感快陪着笑脸道："哪里哪里，我知道我当不了你的好工人，可我能当好你的朋友呢！"

李小姐感觉到我的话中带着刺，在我肩上猛击一掌大笑道："说得对，我忘了你是当过老板的，好吧！当个好朋友。建议你留下来，你唱歌也是有些天赋的，我带带你，你将来准能和我同台演唱。但是你得受得了我嚷嚷。"

"你冲我嚷过吗？我怎么没感觉？"我装起傻来："或许你的声音太好听了，我把你的叫嚷当成了一首歌……"

我最终没留下来，也错过了成她的学生兼音乐搭档，我离开了这座城市。

等我再次到巴塞罗那访问时，我已是70多岁的老人了。在15年内我没忘记这位李小姐，中间她给我写过一封信：

"荷塞，巴塞一别10年了，我们好像都62岁了吧，60那年我退休过起了老年人生活，说起来也笑死人，在欧洲打拼了30年，不少同伴都成了大富翁，而我依然是除了音乐外，什么都没有的无房无车无老公的三无女人。周围全是那些需要帮助的打工仔，和来来往往等待获取合法身份的人，用朋友们调侃的说法，我是'丐帮帮主'，我觉得这个称呼很好，我爸当年闹农会时也是'丐帮帮主'，我算是继承父业了。但是我有一个梦还没实现，我想组织一个'乌兰牧骑'歌唱团，到欧洲各地去演出，不进剧院那种，专们到街头巷尾去，让欧洲人都能听见我们中国的音乐。听说你这些年赚了大钱，能否支援我一台大旅行车。"

收到信时我也刚 62 岁，还管理着一个庞大的企业集团，也许这些年离文艺青年越来越遥远，已过了对艺术痴迷的年龄，或者经商使我极度的商业化了，我不仅没给李小姐送车，居然连封信也没有回，渐渐把这件事忘掉了，而这位从北京来的女高音的形象也逐渐模糊起来，毕竟十多年了。

去年春节巴塞罗那社团联合办传统的中国庙会，据说内容策划得十分精彩，超过历史上任何一届庙会，朋友们一定要我去看看，于是我在庙会前几天赶到了巴塞罗那。

回到巴塞罗那，一定要去"德拉法格"（Trafalgar）华人服装批发大街去看看，因为我是 1990 年在那里开了首家服装批发商店，到 1995 年我更换行业离开时，华人批发商已在该地区形成了气候。这个位于市中心的本土商家的服装批发中心，几乎全让位与华人了。而华人通过二十多年的打拼，以"德拉法格"大街为中心，把方园两公里的欧陆建筑物，都变成了自己的商业地盘。

如今我沿街走了三个多小时，全都是年轻、时髦、自信、充满朝气陌生面孔。内心确有了几分有些隔世的恍惚凄凉。

我进了一个酒吧要了杯咖啡，便和 90 后的老板聊起来。我打听了好多老人，他们都说认识，不过几乎都把生意交给了第二代回中国养老去了。倒是一个漂亮的女孩接过话茬了："爷爷，我懂了。您要问的是那些在西班牙移民 30 年以上的老人哦！"女孩略有沉思却又道来：

"那么好像只有个姓李的老奶奶，不知道您老认识不？"

我默默地点点头。

女孩有些兴奋了："我和她不熟悉，不过没关系，大家都知道她。听我爷爷说那时候都叫他李小姐，到我爸妈的时候大家都喊他李阿姨，而我们都叫她李奶奶了。"

在女孩的帮助下，我见到了她的爷爷，原来竟然是当年带我拜访李小姐的康先生。老哥俩一见面自然是高兴得不得了，他把我带到酒吧里，要女儿女婿备了几碟小菜，老哥俩便一边喝一边聊了起来，自然就谈起了李小姐。

"这个李小姐呀是个奇人呢！"老康抿口酒，咂咂嘴说道："你没赞助她买车的事我也听说了，我们商人嘛和艺术家总是不一样的嘛！我们想来欧洲就是赚钱。"老康丢一颗酸橄榄在口里嚼着："论聪明智慧人家李小姐肯定不比我们笨，可人家就不把精力用在赚钱上，在我们看来是瞎折腾，她可乐在其中呢！后来她终于搞到一部大轿车，又从旅欧华人中招募了10来个志同道合者，拉起了旅欧华人'乌兰牧骑'演出队。真不容易呢！她们几乎跑遍了申根国家。你也知道李小姐过去在西班牙是走遍全国不挨饿，有人管吃管住，后来是走遍全欧都有人管吃管住。大家都喜欢她，喜欢她的'乌兰牧骑'演出队。可是不知道为什么，她们坚持不到一年就散了……"

"是哦，在欧洲一个不盈利的团体自然是坚持不下去的。"我感慨的说："那后来呢？"

"后来我也不太清楚了。"老康答道："倒听说她买了一个很小的房子，总算有个窝了，后来退休了靠退休金过日子……"

"再后来呢？"

　　"再后来嘛！"老康眯缝着眼："再后来只听我孙女说，李奶奶在网上发了个信息，说自己突然站不起来了，请求大家帮助……"

　　"好顽强的朋友，好执着的理想追求。"我心里对这位北京来的女高音充满了崇敬："你还和她有联系吗？"我试探地问康。

　　老康轻轻地摇摇头。

　　巴塞罗那市的春节庙会，搭建在哥伦布广场边海滨大道的一则。这是个典型的欧陆风格建筑群，广场中心是被四支巨大的铜狮看护着的哥伦布雕像，伟岸的身影高耸入亮晶晶的蓝空，他的右手指向地中海无边无际向天际滚动而去的蔚蓝，激发人们对这位伟大的探险者，破水远航时宏大场景的联想。

　　被道路隔开的广场四周，则是一栋栋造型精美三层或四层的建筑物，房屋上美伦美奂的雕塑，使你感觉进入了一座中世纪宗教文化的博物馆。

　　港湾内停泊着数以千计的私家游艇，密密麻麻的桅杆，拥挤着向蓝天伸去，像春天争先恐后拔节的春笋。两艘巨大的客轮，镶嵌在天幕之中，仿佛是建筑在海底的摩天大楼。广场的另一则，则是"朗布拉"（La Rambla）大街，本意是河道的意思，山上的流水从这里流向大海。现在的"朗布拉"大街是一条步行街，由于这里浓缩了巴塞罗那文化的精髓，又是城市最繁华的经济圈，所以有着不到"朗巴拉"就等于没到过巴塞罗那的说法。

　　当地市政府在这里规划出一块土地，供华人每年春节庙会临时使用，是用心良苦的。他们想用浓缩着中国文化的庙会，彰显巴塞罗那对多种民族文化的接纳，以吸引更多的游客。

今年的庙会，以其特殊的魅力，深深吸引了这个城市的百姓。本土居民，华人华侨，欧美游客川流不息。庙会中的民间玩具种类繁多，空竹、扑扑登、走马灯、鬃人、吹糖人、画糖人、塑糖人、面塑、九连环、拨浪鼓。制作精巧，件件都称得上是手工艺品。套圈、摇彩、打枪等杂玩，更是吸引着各种肤色的小朋友

商贸交易已变成庙会的主要活动，购买吉祥物，品尝各种风味小吃，是许多逛庙会的人必不可少的活动内容。那硕大的风车、三尺长的糖葫芦、精巧的面人，伴随着一声高似一声的吆喝声。舞龙、摔交、踩高跷、秧歌扭、表演到精彩处，掌声不断，人声鼎沸。

一些人老外还即兴加入到表演的行列，随锣鼓声而舞，随器乐声而歌，好不开心。

在庙会的东则，是搭建的临时舞台。庙会的组织者们，精心组织了由华人华侨自编自演的节目在这里演出，由于贴近华人的生活，时常爆发出笑声和掌声。当一群身着民族服装的小朋友跳完了庆丰收的舞蹈后，节目主持人用手势平息了热烈地掌声后，便大声地宣布："亲爱的朋友们，在这里我要告诉一个好消息。"他像所有节目主持人那样，故意的停顿下来。观众们骚动起来，向台上喊到："别卖关子啦，啥好消息呢？"

"著名的旅西女高音李雪来到我们的现场，为我们新年献上一支歌，大家鼓掌。"

在热烈地掌声中，观众爆发出喊声："李小姐"、"李阿姨"、"李婆婆"、"李奶奶"……，在这不同称呼中，我被感动了。我知道她是这个城市，三代华人共同的朋友。

李雪居然开着电动轮椅缓缓地进场了，节目主持人一直跟在她身

边。

李小姐双手扶着轮椅扶手，一用力她艰难地站了起来。

她显然苍老了，人瘦了许多，穿一件红、黑、白花纹交织的连衣裙，显得身材更加高挑；圆圆的两腮有些塌陷，失去既往的丰润，倒更显得清癯精神；一缕白发被风吹起在额前飘荡，闪出一对大而有些浑浊的眼。

我们这一代人，改革开放后第一批闯荡世界的人，一晃就是七十多的老人了。在我们中间，出了不少腰缠万贯的亿万富豪，出了一些满头光环的政客。但李小姐依然是唱歌给大家听的李小姐；依然是流浪者的"丐帮帮主"。

李雪挺拔的站在舞台上，对伴奏的钢琴师发出了信号，她那有些浑浊的眼突然明亮起来，伴随着钢琴奏出的旋律，她那优美的嗓音飞旋起来：

百灵鸟从蓝天飞过

我爱你中国

我爱你中国

我爱你春天蓬勃的秧苗

我爱你秋日金黄的硕果

我爱你青松气质

我爱你红梅品格

我爱你家乡的甜蔗

好像乳汁滋润着我的心窝

我爱你中国我爱你中国

我要把最美的歌儿献给你

我的母亲我的祖国

我爱你中国我爱你中国

我爱你碧波滚滚的南海

我爱你白雪飘飘的北国

我爱你森林无边

我爱你群山巍峨

我爱你淙淙的小河

荡着碧波从我的梦中流过

爱你中国我爱你中国

我要把美好的青春献给你

我的母亲我的祖国

啊啊……

我要把美好的青春献给你

我的母亲我的祖国……

巴塞罗那的媛媛

【一】

媛媛抵达巴塞罗那机场的时候，是 1983 年晚春的一天，她记住了这个日子：4 月 15 日，因为从今天起，她开始计划从巴塞罗那向东北，去翻越比利牛斯山寻找失散的情人。

媛媛是一位青春靓丽的女子，一米六五的身材被朴实的玫瑰色的 T 恤衫和黑色的牛仔裤包裹出十分流畅的曲线。她留着二十世纪三十年代中国女子的短发，乌黑的短发顺耳边垂向肩际。蓬松的刘海下边却镶嵌了一对明亮的大眼睛。她父亲是很有影响力的民主党派人士，文革前是某大城市的主管文宣教的副市长。这种环境使天生丽质的媛媛浑身上下散发着高贵与迷人的气质。

前来接机的是媛媛的大伯父朱斌，在台湾军旅时期的老部下王仁厚，王仁厚在巴塞罗那附近海岸线，开了个叫"堂吉诃德"的中餐馆，这个在西方生活了二十多年的豫东农民，从没接触过东方女性，他在握着媛媛的柔软的小手时，竟激动的颤抖不已，满脸通红结结巴巴说不出话来。

王老板把媛媛安排在唐吉坷德饭店七楼上的一套房子里。此房有四室一厅，卧房两大两小。两个大卧房，有一间窗户靠海的原本住着王仁厚的侄女蓉，王仁厚给侄女蓉说，朱斌是自己的恩人，对恩人的亲戚自然要特别照顾些，硬是要蓉把窗户靠海的大间给了媛媛住，蓉尽管一百个不乐意，还是搬到隔壁那个大间房去了。两间小的，一间住着跑堂阿桂，另一间却安排了成杂物间。

王仁厚客套一阵子后，接着就给他们三个人做了一些分工。蓉继续在厨房做二厨，主要是做一些配菜，切菜以及春卷的制作，并要洗涤刀叉碗盘以及管理整个厨房的环境卫生。大师傅则由王仁厚亲自掌勺，可事实上在不忙时，炒菜的任务几乎都要落在蓉的头上，这也是王老板的精明之处，如此可以省下一个大师傅的高额工资。媛媛则被安排到了前台和老板的太太依莲娜，一起分管酒吧和收银。阿桂依然做他的跑堂。分工以后，王仁厚亲自手把手的给新来的人介绍了工作的要领。

蓉作为老板的侄女，过去在餐厅里肯定是受大伯偏爱的。她指望混过些日子，西班牙语灵光些，可去前厅当个跑堂或收银的工作，好摆脱乱脏累的厨房。可没想到媛媛一来就抢了自己的份，大伯给的理由是媛媛会英文。加以他们的生长环境迥然不同，蓉是豫东农村农民的女儿，媛媛是来自中国的上流社会。如今他们都到了西班牙，不仅共同在一个餐厅工作而同生活在一个屋檐下。刚开始大家配合还算默契，但慢慢不知不觉却生出许多事儿来。

西班牙饭店的就餐时间是中午1点到4点，晚上8点到夜里12点。

也就是说中午 4 点，晚上 12 点以后就不接客了。但中餐馆那年月是没规定的，只要有客人，终归是要接的，所以工人们的下班时间，基本上就是一个概念。

这天晚上他们下班回来，已是凌晨 1 点多了。媛媛回到自己的卧室，蓉却在客厅冲着跑堂阿桂冷笑道："大伯张嘴闭嘴说要把我当亲生女儿待，可分房子时却把靠海的房间分给了外人，又说分工吧，硬是把干净轻松收银的活儿给了人家，让她整天穿得花枝招展的在眼前晃……"

阿桂向来是畏惧蓉的，也许蓉是老板的侄女，也许是畏惧蓉那张不饶人的嘴。他知道老板没让蓉到前台工作，的确有老板的苦衷。蓉虽然生得目清眼秀，但年近 30 岁却已微微发胖身材，和实在是太矮的一米五个子，的确是无法面对高头大马的洋人。阿桂平时逞 V 字形的眼倒了过来，笑眯眯的说："蓉姐多心了，媛媛能讲英文嘛。"

蓉伸出右手的食指，戳着阿桂的额前，瞪圆着眼睛骂道："喊了一年多蓉姐，今个倒帮别人说话，看我往后还偷偷炸春卷给你吃。"

蓉和阿桂在客厅的对话，被在卧室里的媛媛听了一个真切。国内生活的养尊处优与国外生活的颠沛流离，形成的巨大落差，使得媛媛感到无比委屈，原本只需要应付对秦凯的思念，现在却要为了生存跟一些无聊的人计较。而眼前既要顾及王叔的面子不至于让他很难做，又不能在蓉的面前表现软弱，省得以后她会更加耀武扬威。

犹豫着媛媛还是出了卧室，冲蓉说："蓉姐如果你喜欢这间房，"媛媛伸出葱根般的手指，指指自己的卧室说："明天我就给王叔讲，我们换回来。至于分工吗，恐怕你得去找老板说了。"

说完媛媛没正眼看一看蓉，便一扭腰在沙发上坐下，身子斜靠在沙发背上，两条修长的腿叠成二郎腿，搭在茶几上，轻轻的晃着，"啪"地一声打开了电视机。

媛媛这种高傲而冷漠的态度，更加激怒了蓉，她瞪大了眼，吼道："你出身高贵，不照样跑到这里来洗杯子吗，我们下贱人洗盘子，你高贵人洗杯子，我看也差不到那去。"

媛媛憋住自己的怒气，自顾看电视，嘴角却浮出一丝冷笑。媛媛这种居高临下的态度给蓉的火上泼了一盆油。

蓉一把将电视的遥控器从媛媛手中抢过来，"啪"的一声关了电视扭身就走，丢下一句话："几点了还不睡，你不睡我们还要睡呢！"然后砰的一声关上了门。

媛媛独自坐在客厅中昏黄的灯下，继而漫步度上了阳台。借着月的光辉遥看着远处的地中海，不禁流下两行泪来。

阿桂不知什么时候回来的，他走近阳台靠近媛媛的身边轻声说道："不要生气了，你这样高贵的小姐，何必跟那些没素质的人计较呢。"

媛媛打心眼里有些讨厌这个阿桂，但今天却突然有些感觉到温暖，她歪过头去说了声"谢谢"，感激的望了阿桂一眼。这倒使阿桂浑身不自在起来。

阿桂挺了挺高挑身材，长方脸盘一双浓眉下，那对 V 字形眼笑成了 U 字形。阿桂用手把稀薄的头发从左拢向右边，盖住了已经秃了的头顶，继续的说道："说实在的，西班牙的中国人本来就少，像媛媛小姐这样高贵文雅的能有第二吗？"

"就拿我阿桂来说，我来西班牙是进行商务考察的，计划以西班牙为基地，把中国的商品打进欧盟，当然在没考察好以前是需要卧薪尝胆的，是需要打工的，这就叫天将降大任于斯，斯人也。"

嘿嘿一笑，掏出一个红色小本来在媛媛眼前一晃说："你知道这是啥吗？这是关系网，关系网就是生产力，就是钱。"他趁着朦胧的月色，指着小本子上一两个通讯录告诉媛媛："这个，知道吗？是前国家副总理的儿子，那个是前政治局委员的女儿，都是我的哥儿们。"然后啪的一声合上了小本，用食指和中指夹着在空中一晃就装进了西装口袋。

媛媛这个从小就生活在副部级干部家庭的女孩，在直辖市市委大院里不知道看到过多少党政军高级干部，和她从小玩到大的伙伴中，有几个的家庭不是当高官的。她从来也没有想到在阿桂口里，这些人际交往会变成美金，她轻声的对阿桂说："我想一个人安静一会儿。"

阿桂知趣地回自己的卧房去了。

媛媛在夜幕中独自的站在阳台上。任凭海风轻抚着自己的头发和脸庞。她借着银色的月光，久久的凝视着墨绿色的地中海水。那月光在海波中摇曳出无数银色的小环儿，不停的跳跃着。她想那大海多么像茫茫的人海，那跳跃的银色的小环儿不就是人海中的形形色色的人吗，"秦凯你知道我在找你吗，你这个人还在哪里飘荡呢？"

第二天蓉起了个大早，昨天下班前，王老板通知明天是个重要节日饭店生意会很忙，要工人们提前一点上班。蓉厉害是厉害，但是非常勤快，在这个由工人组合的家里，她实际上是个管家婆。

她起了个大早把客厅打扫了一遍，便在客厅大声喊叫起来："起来，起来，老板说今天早一点去，还睡的跟猪似的。"她拿出了老板的侄女二当家的派头。等她把媛媛和阿桂折腾起来后，便回到自己房间去穿外套，但她再回到客厅准备出门时便火冒八丈，原来媛媛打扫了自己的卧室时，居然把垃圾扫进了客厅。蓉怒气冲冲地"砰"一声推开媛媛的卧室门，把媛媛吓了一跳。

媛媛正对着镜子，用睫眉膏勾画着自己的长长的眼眉。蓉推门的响声使她慌乱地站了起来，又浓又长的眼毛扇形般地分开，露出一对略带惊恐的黑色的眼。

蓉赶上去一把抓住比自己高半个头的媛媛，硬把她拖进了客厅，指着地上的垃圾说："你马上给我收起来。"

媛媛生气的甩开了蓉的手叫道："你把我抓疼了，我化完妆来收不就行了吗，多事。"说罢要回屋去。

蓉哪里肯依，赶上去把媛媛拽了回来喊道："不行，就得现在清，我也不是你老妈子，天天打扫你天天祸害，你就知道拾掇你的脸蛋。"

媛媛是不会大声喊叫的，嘴角上浮出一片冷漠："脸蛋漂亮是爹妈给的，要闹找你爹妈去。"

蓉气的脸色发青正待发作，就见阿桂拿着扫把和簸箕进来，动手收拾着地上的垃圾，并对两个女人粗声粗气的说："吵，就晓得吵，扫一下又不会少二两肉，一点儿亏都不想吃。"

媛媛并没领阿桂的情，扭头走了。

蓉却踮起脚尖，又把尖尖的手指点向阿桂的额头骂道："你小子今天勤快了，我晓得你肚子里没安好心。"

【二】

蓉跟媛媛吵架的事情很快传到了王仁厚的耳朵里。对于王老板来讲，比他小近 20 多岁又有叔叔辈分称谓的媛媛，在他心中始终都有点异样的感觉。这个感觉是从他第一天见到媛媛，握着媛媛柔软的小手时就产生了，他还记得那时自己竟激动不已，满脸通红，结结巴巴说不出话来。

媛媛那一米六五的身材十分流畅的曲线，那乌黑的短发顺耳边垂向肩际的妩媚，那蓬松的刘海下边镶嵌的一对明亮的大眼睛。既往的环境使天生丽质的媛媛浑身上下散发着高贵与迷人的气质，无时无刻不在他脑海里回旋。

但是如果凭这一点就说王仁厚好色似乎也欠公平。因为他感觉到女性，应该是像他的母亲一样，温柔、善良与纤弱。尽管他已结婚生子，尽管妻子伊莲娜也颇有姿色，但他总觉得她不那么女人。比如她说话时的老公鸭嗓门，生气时瞪得快掉出眼眶的眼珠子，以及像清代菜市口砍人头时，从上猛劈下来的手势，还有那从不懂得迂回而一句话就把你戳个透胸凉的语句，还有在床上的疯狂……

总之由于自己对东方文化的认同，使他更加认同自己同民族的女性。媛媛受了委屈，王老板是心痛的，但那是两个女人间的事，何况都沾亲带故，他不便管得太深。他原本想把媛媛搬出去，住到那套别墅里去，但又怕别人说闲话，尤其是怕伊莲娜起疑心，前思后想竟然没了主意。

这是一个周末，从周五晚上就开始疯狂的老外们有些累了，因此星期天中餐照例客人少了很多，王仁厚招呼员工们各人收拾了手边的活路，餐馆便打了烊，按惯例媛媛留下帮助老板清理收钱箱，他则到厨房里去忙乎去了。

也不知过了多少时间，媛媛清理了当天的入账，用个信封装了起来准备交给老板，却看见王仁厚在靠近出菜口的一张餐桌边向自己招手。媛媛走了过去，只见那桌上摆了几碟小菜。正中是用木质托盘盛着的"伊比利亚"黑猪火腿肉，肉片得很薄，像一片片半透明的深褐色的蝉翼，整齐的铺在木盘上，油光闪亮的。木托周边则是几个小碟，一碟油酥花生米，一碟肥厚嫩滑的海红肉，一碟阿冷市海域产的深红色大虾。一瓶拉里奥哈产的佳酿红酒，早已打开了瓶塞，散发出幽幽的香气。王仁厚一边斟着酒，一边满脸堆笑的说："媛媛，王叔叔有些饿了，来陪我吃点……"

媛媛到有些意外，因为眼前这位叔叔老板"抠门"是远近有名的。她也的确有些饿了，加上这些平常只能看看的美食的诱惑，媛媛一反常态落落大方坐下，端起高脚酒杯，向另一支还放在桌上的酒杯"咣当"一碰，然后双手托着酒杯，甜甜的笑着对王仁厚说："王叔，我敬你……"

王仁厚对媛媛的举止一时没反应过来，面前那对明亮的眼流出的美令他心慌意乱。王仁厚那张圆圆的脸涨红了，鼻梁上的暗褐色雀斑也似乎跳跃起来。他慌乱地举起酒杯，似自语似她语："喝喝，喝喝……"

王仁厚豪迈地一仰头，把半杯红酒喝了下去，用刀叉把火腿肉挑起送到媛媛的盘子里。几杯酒下肚，本不太会喝酒的王仁厚朦胧了。他觉得媛媛那张脸粉红起来，那色彩像是春天的桃花，粉粉地亮亮地在自己眼前晃动。

王仁厚有些兴奋了，他端起酒杯向媛媛一举又来了个干杯。他感觉自己很多年没这么豪气过，慢慢觉着被洋婆婆磨灭的军人气度回来了，不觉更加"男人"起来。他揉揉眼，"咦，眼前的桃花怎么滚出一串露？"媛媛哭了，媛媛真的哭了。

人真是一个奇怪的动物，当他整日沐浴在光明与温暖的阳光中，却往往缺乏感觉；而当他一旦处身与冰天雪地的夜晚，则一根火柴的光亮与温度，却会使他莫名地惊喜和感动。

三个多月的漂泊打工生涯，使她忘记了人间还有真情和关爱，王叔叔的破格关心，使她感动起来。

媛媛在抽泣声中讲述了自己的过去。她告诉王叔叔过去是多么快乐，文革如何毁灭了她的家庭和爱情，她讲诉了自己和秦凯的故事……

她的父亲和秦凯的父亲同事在一个城市工作，秦凯的父亲是主管文宣的市委副书记，而她的父亲则以民主人士的身份，出任该市主管文宣的副市长。两人从小都住在市委大院里，1974年"批林批孔"运动中，这对文革初期就被打倒的走资派，又遭到更残酷地清算。这场斗争居然波击到支撑他们顽强活下去的周恩来总理，这对难友百思不得其解，对国家，民族，个人前途的迷茫变成了绝望，最后双双约定携手投河而亡。父亲们的死，给两个家庭带来更大的灾难，两人的母亲被秘密逮捕下落不明。从此，17岁的秦凯便带着12岁的媛媛，开始了东躲西藏的流浪生活。

1976年粉碎"四人帮"后，19岁的秦凯带着14岁的媛媛回到出生的城市，才知道自己的母亲们也在关押中去世。秦凯四处奔波要求给父母一个说法，但是在"两个凡是"的时代，秦凯的活动，被加上反对文革和替走资派反案的罪名拘留，半年后被释放出来秦凯便失踪了。后来媛媛听说自己的秦哥哥冒着生命危险，从云南边界偷渡出国，经缅甸绕泰国跑到了巴黎。

秦凯走了，但是几年共同的苦难生涯，在媛媛内心深处萌动的爱却深深地埋在心里。她决定要去寻找她的爱，那怕是天长地久海角天涯。

媛媛21岁那年终于等到了机会，她的伯父把她接到了离开法国仅仅200多公里的西班牙巴塞罗那。她那份高兴劲是无法描绘的，反正她和所有朋友都讲，她马上要见到朝思梦想的秦凯哥哥了。

但和所有当时被亲属接到海外的大陆人一样，她也失望了。按她的理解，在外国当高官的伯父，应该把自己安排得非常得体，但是万万没有想到一到欧洲，便进到餐馆出苦力。

媛媛向王仁厚哭诉着，居然哭成了一个泪人儿。王仁厚虽然也心痛她，但任媛媛失态地一杯又一杯的灌着葡萄酒。他不知道应如何安慰她，只是默默的坐着，在微醉的朦胧中幻想着。

突然他觉着媛媛到了他身后，自己的头被两只小手夹着向后转动。他看见媛媛一张绯红的脸，看见一对泪汪汪的眼，那眼里的神情太复杂了，内容太丰富了，他的双肩颤抖起来。他嗅着媛媛喷出的酒气。说也奇怪，开饭店的他嗅别人的酒气是平常事，但多是令人厌恶的臭气，而现在他觉得媛媛喷出的酒气，裹着复合的花香。

媛媛大概感觉到王仁厚双肩的颤抖，她松开抱着的头，摇摇晃晃地扶着餐桌边直起身来，伸出个纤细的食指，指着王仁厚："王叔叔，叔叔，还有大伯，大伯，你们就是这样照顾我的，哈哈哈……"，她又一仰头，把一杯酒倒入口中，两腿一软便歪在地板上。

王仁厚见状，赶快上去把媛媛抱起，进到他平时既做办公室又做休息室的内屋，把媛媛柔软的身体轻轻放在床上。

媛媛似乎睡着了，那十分流畅的身体曲线，在微微起伏的胸部拉动下好像在流动，乌黑的短发顺耳边垂向肩际分开，眼睛微微地闭着，但不时抖动的睫毛依然在讲话。

王仁厚心烦躁起来，他听到了自己的声音："你不是在等待这这个机会吗？多少年你不是在梦中都幻想着和同民族女性亲昵吗？哈哈，你这个胆小鬼，你害怕了，你不过是好龙的叶公罢了？"

他又听到了自己另一个声音："哈哈，老王呀老王，你白在西方活了这多年，面对这个弱女子，不就是钱吗？给她买房子，送她读书，叫她过好日子……”他向媛媛望去，感到媛媛的身体在放光，他的眼睛有些刺痛，爽性关了电灯，媛媛的身体朦胧起来，原来朦胧不仅可以遮掩丑恶，朦胧竟然是如此的美……

媛媛突然感到有什么东西贴到自己的唇上，接着一只手从衣襟下，沿着光滑的腰际向上滑动着。她尖叫一声坐了起来，两眼恶狠狠的瞪着惊恐万分的王仁厚。

王仁厚满脸涨成猪肝色，结结巴巴的语无伦次：“媛媛，不是的，我，我……”他猛地扭头跑进厕所，把头伸到水管下打开水笼头，让冰冷的水哗哗的浇在头上，镜子里出现一张他自己都不认识的脸，他大喊一声：“王仁厚，你不是人呀！”然后左右开弓“啪啪”打起自己的耳光来……

当王仁厚在洗手间打自己嘴巴的时候，媛媛从惊慌与朦胧中清醒过来，愤怒与羞辱使她想大哭一场。然而她却没有哭，她木然地拨通了在南美洲做大使的伯父的电话，想诉说自己的委屈。却没想是大伯母接的电话。伯母听了她的诉说后说：“媛媛，虽然你们已经逃离共产铁幕，但你们进入的是一个光怪陆离的世界。在这里什么事情都会发生，你要逐渐学会自己应付。”大伯母的语调平静的近乎冷酷，媛媛万万没有想到她委屈的倾诉，竟得到了这样的回复。冷漠的亲情使她近乎绝望，她也不知道自己是怎么样走出堂吉诃德饭店的大门，穿过绿树浓荫的海滨大道踏入了柔软的海滩。

地中海的晚风把太阳吹落在海水中，淡蓝色的海水骤然变成了昏暗的墨绿，夕阳的余晖却在灰色的天际抹上一片血。媛媛望着天际这一片血色，她的心也在滴血。仰躺在柔软的沙滩上任暖哄哄海风抚过自己的躯体，她慢慢的睡了过去。

当她醒来的时候，发现清晨的太阳早已高悬在蓝盈盈的空中，海滩上已陆陆续续出现了形形色色晒太阳和游泳的人群，更令人惊讶的是有两个金发碧眼的帅哥正望着她笑，并用一口不太流利的华语对她讲："啊！你这东方的仙子，是从哪一片云彩上降落到这里的？"

媛媛望着周围赤身裸背的人群，下意识的拉了拉自己身上的衣裳，感觉到自己像个异物，粉脸不觉涨红起来。

媛媛答道："啊，我是昨天晚上在这里睡着了。"

旁边的一青年却笑道："这位东方小姐居然像我们巴黎女郎一样如此疯狂与浪漫，在柔软的沙滩和月亮共眠。"听见巴黎两个字，媛媛浑身通过了一束电流，不由欣奋起来："哦，你说巴黎？你从巴黎来的法国人？"

另一位法国青年答道："是的，我们是从巴黎来的、巴黎国际商学院的学生，来这里度假的，不过我们学院有很多中国来的学生，我们的中文就是跟他们学的。"

当天晚上，法国小伙子约媛媛进了酒吧，媛媛十分兴奋近乎于疯狂发泄着几个月的苦闷。这一次偶然的海边奇遇，使媛媛看到了希望，她暗暗地下决心：去巴黎找秦凯。

回到住地后，媛媛也不与蓉多言语，却把阿桂叫了出来，说要请阿桂喝咖啡。

在咖啡厅里，阿桂受宠若惊的望着媛媛，恭听着媛媛讲完了她的故事。阿桂面呈难色对媛媛说："你想进法国，可走空路、走陆路，但凭你的中国护照，是很难获得法国的入境签证的。不过我会替你想办法你放心吧。"

接着阿桂找出一份西班牙地图，向媛媛介绍了一条用红色的细线在西法边界标注的一条通道，神秘兮兮的告诉媛媛："这条通道是没设关卡的，汽车可以直接开入法国境内，很多北非偷渡者，都是进入西班牙后，沿着这条通路步行三十几公里穿越比利牛斯山进入欧洲大陆法国的。"

然后阿桂又告诉媛媛："从这条路走是有危险的，现在很少有人愿意承接这活，除非你掏大价钱。"

找到了穿越比利牛斯山抵达法国的道路，媛媛不由心奋起来。她一把抓住阿桂的手背，几乎是在恳求："阿桂哥，你帮帮我吧，我会感谢你的！"

阿桂眉眼一转，乐上心头。面对着青春靓丽并且骨子里优雅高贵的媛媛，自己原本早就垂涎欲滴，而眼前媛媛求助自己的这件事刚好是一个接近媛媛的大好机会，阿桂毫不犹豫的答应了她。

【三】

阿桂从自己的积蓄中拿出了三千美金，买了一部二手的法国牌照的雪铁龙汽车，也不向任何人辞行，选了一个晴朗的早带上媛媛就出发了。他们经过近两个小时的行驶，终于来到了安道尔公国。安道尔公国是介于西班牙与法国中间的小国。穿过安道尔是可以进入法国的，但那时的欧洲，还是有边界检查的，持中国护照过境，是需要法国签证的，而中国护照签证的发放，是在中国北京法国领事馆申请。

按照地图上的红线标志，他们在中午一点时候驶入了比利牛斯山。这是一座界山，东起地中海，向西延伸 430 多公里止于大西洋比斯开湾，横卧在西班牙和法国之间。这是全山脉地形最复杂，海拔达 3000 多公尺的地段。

阿桂驾着车缓缓的进入山间小道，颠颠簸簸的碾过散满碎石的山路。葱茏的古树向身后移动着，从枝叶间投射下来阳光斑斑点点在眼前跳跃。媛媛望着车窗外诱人的精致，有恍若时空穿梭的感觉。她心里念着秦凯，想着就要见到那张让自己魂牵梦萦的脸，一时有些兴奋和期待。

前面的道路越来越窄越来越崎岖，阿桂减慢车速小心翼翼的驾驶。媛媛却在一侧心里揣着秦凯，随着汽车的颠簸慢慢的睡着了。

汽车载着怀揣不同心思的两个人，往未知的大山深处驶去。随着海拔越来越高，阿桂明显的感觉到冷空气逐渐变强，时值中午两点，阳光却被黑压压的树林遮蔽，阴森而恐怖。右侧似刀砍斧削的陡峭山峰，张牙舞爪怪石嶙峋，在沉闷的山风吼叫声中，像是一匹巨大的怪兽在晃动，随时可向你扑来；左侧却是看不见底的深渊，幽幽幽幽地泛着墨绿的光。似乎有优美的水流声，像一支动人的乐曲，清脆而明快，诱惑着你想跳下去。

阿桂手握方向盘，额头上沁出一层冷汗，死死的盯着前方一车宽的道路。

突然，沉睡中的媛媛被阿桂的紧急刹车声惊醒，原来车前横着一块半个浴缸大小的石头拦住了去路。

阿桂暗暗叫起苦来，他心里清楚在这条山道上，想按原路退回去是不可能的，在这前不着村后不着店，没有一个人影的地方，要是不能走出去，后果是不可想象的。

阿桂上了空挡，让汽车马达继续运转着，他不敢设想汽车熄火后万一点火器失灵的后果。

阿桂下了车，睡眼朦胧的媛媛也跟着下了车，想一探究竟。原来是左侧的峭壁上的岩石脱落掉下来，硬是把地面砸出一个大窟窿，像一匹老虎横卧在山路中间。

阿桂偷偷瞄了一眼身后的媛媛，发现她依然是很镇定样子。

媛媛缓缓地伸了个懒腰，环视了一下四周，似自言自语又似对阿桂说道："如果困死这里，一百年后我们是两块化石了，"媛媛看着阿桂焦急的脸接着打趣道："没准那时的考古学家会认为我们是一对偷渡遇难的情侣呢？"

媛媛一句无心的调侃，到使阿桂增添了不少勇气。他前前后后观察着这块石头，发现石头虽然体积很大，但悬崖边上与地面接触的地方缺了一大块，自己完全可以凭借这点将它推下悬崖。

阿桂冲媛媛说了声："看我的，今天来个英雄救美人。"阿桂双脚抵着峭壁，用背顶着石头试着用力，那石头居然有些晃动。阿桂暗暗着喜，紧闭气息，把全身的力气聚集起来，一声大喊，那石头居然向崖下一斜，轰轰隆隆滚下深渊，发出巨大的响声。

阿桂英雄似的转过身，头潇洒地向右一甩，让蓬乱的长发向右飘去，又用手掌轻轻地屡屡头发，想在媛媛面前炫耀一下。

没想到迎面撞上媛媛赞许的目光，她那清亮的眼睛里滚动着秋水，发丝在周围传来的风中轻舞飞扬，嘴角挂着好看的笑意……

阿桂看得呆呆傻傻的，竟有些醉了！恍惚中似乎看见媛媛缓缓向自己走来，红唇里似有若无的对阿桂吐露着感谢。阿桂鬼使神差的伸出手去握媛媛的手，恍恍惚惚有些心猿意马的感觉。

媛媛的微笑是善意而美丽的，她为阿桂帮助自己而经历危险而感动。但没料到阿桂却握住了她的手。和异性握手在 20 世纪 80 年代已经是很普通的事了，但阿桂抓住她的手，在手里搓揉着，她还是本能的浑身一颤。

　　她想挣脱阿桂的手，但面对刚刚为自己排除危险的阿桂却又觉得哪里不合适。媛媛脸上的笑容开始尴尬，身子也僵在那里。

　　阿桂感受到媛媛浑身一颤的惊讶，但他又感受到媛媛并没强力抽回手，也没发现媛媛明显的反感，阿桂放下心来并大胆的搂着媛媛的笔杆腰回到车边，把媛媛送回车中……

　　此时媛媛纵然有千万个不愿意，甚至扭断阿桂的脑袋当球踢的心都有。但是在这荒蛮之地，媛媛只有压住心底的不满，来和阿桂同舟共济了。

　　男人们经常在心仪的女人面前表现出稚弱，阿桂居然把媛媛的这种不抗拒误解成了默认。

　　车窗外的山势越发陡峭逼人，左边危峰兀立几乎垂直于地面，黑色的雾霾重重的裹着高大而古老的树木，右侧的悬崖深谷向上喷着紫色的雾气。

　　阿桂打开汽车的长灯，车慢得像支爬虫。副驾驶座上的媛媛心里装着秦凯，而阿桂心里却装着媛媛。

　　下午四点左右汽车爬上了山顶，躲进峭壁后面得阳光终于露脸了，媛媛歪在椅背上，任暖烘烘的阳光滑过自己的脸，她透过车窗望着这3000多公尺山峰的积雪。她仿佛回到了北京，看到了北京的雪，多美呀，她小时候还和秦哥哥一块堆过雪人呢。

　　这节骨眼上载着他们历经磨难的汽车却出了问题，横在路上彻底熄了火。

　　"抛锚了。"阿桂一脸无可奈何的苦相。接着跳下车去。掀开车盖，在发动机周围，敲敲这，摸摸那。

媛媛也跟着跳下车去，看阿桂修车。

一路上阿桂对媛媛的帮助，让她松懈了警惕反而对阿桂产生了依赖。虽然他偶有对自己动手动脚，但两个人的旅程只能彼此依赖、互相信任，不然怎样都不能到达终点。

然而阿桂此时的心里却不这么想。他已经不再把拥有媛媛当成梦想，因为实际上的她也不是那么望尘莫及，此时此刻她就在自己身边而且手无缚鸡之力。阿桂故意让车熄火，就是在制造这个机会。阿桂装模作样地在发动机上一拍，好了，"碰"地一声关闭了车盖。把在他身后好奇地观看修车的媛媛下了一跳。

旅途中的媛媛，穿得十分休闲。一身着紧身 T 恤，外面慵懒的反穿着一件玫瑰红外套，下身着一条及膝短裤，露出修长白净的双腿。

阿桂绕到了媛媛的身后，从后边搂住媛媛钎细的腰肢。

媛媛被这突发的袭击搞懵了，她本能的而无效挣扎着，使阿桂感受到，那对随着紧迫呼吸而起伏的乳房，在自己胸前搓揉着。那一股无名火"腾"的一下烧的更旺，内心深处的狼性终于爆发。他一把扯掉媛媛胸前遮挡的外套，抓住媛媛柔若无骨的双手。

媛媛被阿桂突如其来的举动吓了个半傻，她睁着惊恐的眼睛盯着阿桂，半天才喊出一句："阿桂！阿桂你要干什么，快放开我！"

阿桂不说话，他粗鲁地打开车门，连推带抱地将惊慌失措奋力挣扎的媛媛塞进后座，然后迅速脱掉自己的衣服钻进车里"砰"的一声拉上了车门……

车子又开动的时候已将近五点。一路上他没向媛媛做任何解释。就像一头狼，在扑杀并吞下自己的猎物后，用静静舔食嘴边的血，来表达厚重的内心喜悦与满足。

向一切受到暴力侵犯的女性那样，媛媛衣衫不整狼狈不堪的她仰躺在座位上，头发蓬松凌乱，好看的肩膀上还残留着一个血红的牙印。她目光涣散，眼角噙着一大滴没来得及低落的眼泪，此刻她脑子里一片空白。这一片空白尽管只是几个瞬间，可就是这短短的几瞬间，媛媛完成了自己生理和心理的变化。

她缓缓地坐起来，美丽的脸庞冰冷得像巴塞罗那街边的花岗岩雕塑。那干了的泪痕，就是夜间露水在雕塑脸上留下的痕迹。

车继续在山路上颠簸着，窗户外面已是的一片漆黑，顺着向下延伸的弯弯曲曲的路，可以看见远处村落闪烁的星星点点灯光了。

突然，媛媛大声喊到："停车！"声音是凄厉的。

阿桂在这声音中闻到了血味，浑身一颤下意识的停住了车。

阿桂感觉到，头发被手抓住，头又被一支手向右后掰去。阿桂知道这是媛媛做的，顺从地回过头去，倒抽了口冷气。

不知是哪里射入汽车内的一束光，正好印在媛媛的半边脸上，色惨白而泛青，美丽的脸有些狰狞，而媛媛那对漂亮的眼睛瞪的大大的，喷着杀气闪着绿光，宛如夜间猎食的母豹。

【四】

当车缓缓从比利牛斯山脉法国一侧的出口滑出时，已经是晚上九点多了。一百多公尺外就是一座村庄，村庄口是一个酒吧，是一个地道的法式风情酒吧，古朴而韵味十足。酒吧里有几个男女在喝酒，交谈着媛媛听不懂的故事，但是时而爆发出的笑声，粗犷而无拘，看出了他们的谐意与快乐。

一位抽着劣质雪茄烟的男人，举着一瓶"圣米盖"啤酒，走到媛媛面前，上下打量着，用加泰罗尼亚语问道："你们从哪里掉下来的？"

"啊？"抽劣质雪茄烟的男人指指阿桂他们来的出口："你万万不要告诉我，你们是从山那边过来的。"

加泰罗尼亚语是比利牛斯山脉两边的地方语系，所以阿桂是能听得懂的，当他回答"是的"时候，几乎所有的人都扭转头惊讶的望着他们。

"他们真是从那里钻出来的，哈哈！"抽劣质雪茄烟的男人大笑起来，下巴上花白的大胡子在颤抖："勇者勇者！"人们鼓起掌来。

原来他们穿越的山路，是当年拿破仑大军入侵西班牙的马道之一，由于该路艰险事故频出，已经封路三十多年了。阿桂把这些意思翻译给媛媛后，两人都惊出一身冷汗。当晚他们被酒吧的主人留宿在简易的房间里。

小镇是典型的欧洲式，海拔不太高。全镇只有 300 余口人，酒吧老板是民选的镇长，服务生是兼职警官，平常穿便服，只是当地有集市和庆典才穿出警服维持治安。

热心的镇长告诉他们，在离着这里不远的地方，还有个叫劳狄斯（NAODIS）的小镇。小镇附近有个玄机的岩洞，洞内有一眼清泉长年不停地流淌，泉水有神奇的治病功能，每年数以万计的游客慕名而来，这就是闻名全球的神秘"圣泉"。

　　传说 1858 年，一位名叫玛莉·伯纳·索毕拉斯的女孩在岩洞内玩耍，忽然，圣母玛利亚在她面前显圣，告诉她洞后有一眼清泉，指引她前往洗手洗脸，并且告诉她这泉水能治百病，说罢倏然不见。

　　100 多年过去了，神奇的泉水经年不息。前来圣泉求医的各地人也络绎不绝。它的吸引力远远超过了穆斯林圣地麦加、天主教中心罗马和伊斯兰教、犹太教及基督教的发祥地耶路撒冷。据统计，每年约有 430 万人去劳狄斯，其中不少人是身患疾病、甚至是病入膏盲，已被现代医学宣判"死刑"的病人。他们不远千里来到这儿，仅在圣泉水池内浸泡一下，病情便能减轻，有的竟不药而愈。

　　有个意大利青年，名叫维托利奥·密查利，他身患一种罕见的癌症，癌细胞已经破坏了他左髋骨部位的骨头和肌肉。经 X 光透视发现，他的左腿仅由一些软组织束同骨盆相连，看不到一点骨头成分，辗转几家医院后，他的左侧从腰部至脚趾被打上石膏，但却被宣告无药可医，而且预言至多能再活一年。

　　1963 年 5 月 26 日，他在其母亲的陪伴下，经过 16 小时的艰难跋涉到达劳狄斯，第二天便去沐浴。密查利在几名护理员的照顾下，脱去衣服，光着身子被浸入冰冷的泉水中，但打着石膏的部位却未浸着，只是用泉水进行冲淋。奇迹出现了，打这以后，密查利开始有了饥饿感，而且胃口之好是数月来所未有过的。从圣泉归家后仅数星期，他突然产生从病榻上起身行走的强烈欲望，而且果真拖着那条打着石膏的左腿从屋子的一头走到另一头。此后几个星期内，他继续在屋子里来回走动，体重也增加了。到了年底，疼痛感竟全部消失。

　　1964 年 2 月 18 日，医生们为他除去左腿上的石膏，并再次进行 X 光透视，片子上清晰显示出那完全损坏的骨盆组织和骨头竟然出人意料地再生。4 月，他已能行动自如，参加半日制工作，不久便在一家羊毛加工厂就业。第二天镇长亲自驾车带媛媛和阿桂去劳狄斯小镇，就向中国的地方官员接待投资者一样热情。

小镇很是热闹，但行人步态从容，不急不忙。镇子中央有一片广场，小商铺鳞次节毗，人头纂动但不喧嚣；河边摆着一溜小摊，应有尽有但不杂乱。河边有个教堂，不算大，但显得很古老，蜡黄的墙壁色彩斑斓开始脱皮，然而从脱皮处吐露的花岗石，依然显得坚实无比。接着镇长带客人们绕圣水泉转了一圈，便驶向一条乡间土路。

约莫十来分钟，车在一所乡间别墅停下，镇长说这是他的产业。房屋的正面三角形框架、大烟囱、坡形屋顶，很有气派。可惜年久失修，无人居住，看上去像座废弃的庄院，建筑结构却完好无损。房屋的栋梁都是整块大木头，本色，不上漆，保留着欧洲乡村建筑原始的风格。斜坡大屋顶，气楼层高受限。正面有大窗户，推开木制百叶窗，阳光倾泻进来，屋内有明有暗，显得含蓄而温馨。阿桂突然产生个念头，他决定不去巴黎了，他不愿把刚得到的女人送给别的男人。她要把这个漂亮的女人当成资本，为他赚钱，赚很多很多的钱。他和镇长聊了一会，满脸沮丧地对媛媛讲："镇长讲我们没有法国居留是非法入境者，去巴黎一路查的很严，一旦被查到便会遣返原籍。镇长欢迎我们玩几天，由这里返回西班牙。"

媛媛听后沉思了一会，缓缓摇头说："决不回头。"阿桂心里暗暗欢喜回道："我看也是，好不容易来到此地，再回头不前功尽弃了嘛。"阿桂把头歪向媛媛，在她耳边说："我看这个地方也不错，先设法住下，等机会再去巴黎吧。"虽然两个人都同意"留在小镇不回头"，但他们的心中各有自己的盘算。媛媛无可奈何地留下，是想找机会甩开阿桂，到巴黎去找她的秦凯哥哥。而阿桂要留在这里，是企图更好的控制已到手的媛媛。

阿桂在镇子找到一栋房子，这是个三室一厅的住所，主卧室已经租给了一个叫克里斯汀娜的南美洲姑娘，阿桂和媛媛各占用了一间偏屋。克里斯汀娜职业是个性工作者，咖啡色的皮肤泛着淡棕色的光，加上一双蓝色的眼睛，是典型的西班牙和本土人的后裔，自然具有伊比利亚人的热情与开朗。而克里斯汀娜却喜欢媛媛那张独具东方女性特点的脸，和媛媛文静贤淑的性格。加以两人可以用英语交流，因此俩人很快便成了好朋友。

媛媛向她讲述了自己和家庭的遭遇，这对克里斯汀娜来讲，是根本不可理喻的事情，但还是激起了这个南美女孩的同情。而媛媛寻找秦凯的艰辛和对秦凯的痴情，更使这位具有浪漫天性的西班牙后裔热血沸腾。克里斯汀娜鼓励媛媛摆脱阿桂的控制，并在一个墨兰色夜的月光下，开上自己的汽车，向巴黎驶去。

巴黎，这个古老而文明的城市，把人们热切追求的浪漫与时尚全部融合在了这里：卢浮宫的神秘和高雅，凡尔赛的华丽和大气，凯旋门胜利的庄重，埃菲尔铁塔挺拔的雄伟，以及林荫道中漫步的绅士和贵妇，在广场中疯狂跳着街舞时髦的男女，在街角随意席地而坐七倒八歪的嬉皮士，肆意地挑逗着行人滑稽的小丑……

巴黎的阳光也是多情的，她公平的把这个城市的美好与丑恶，富有与贫穷，统统拥抱在温暖的怀里。这是一座美得让人窒息，让人无法拒绝的城市。

克里斯汀娜和媛媛在巴黎的贫困区租了间简陋的房子，克里斯汀娜在黑松林一带依然做着皮肉生意。而媛媛却整日在华人社区转悠，到处打听秦凯哥哥的消息。

巴黎人只要谈起唐人街，首先想到的肯定是十三区唐人街，法国人甚至还很幽默地说，要想了解中国，买张地铁票到十三区就行了。

的确，走在十三区，真犹如置身国内，到处是黄皮肤黑头发的中国人，打着方块字标志的中国餐馆、商店遍布街道两旁，这里行人如织，喧嚣繁华，生气勃勃，街上到处可见中文招贴广告，听着熟悉的乡音，看着熟悉的容貌，说的标准的和不标准的普通话，感觉真像回到了国内一样。

巴黎十三区唐人街是巴黎最早和最大的华人聚居地，大约有十多万华人住在此地，这里由星级宾馆、酒楼、办公楼、文化交流中心和国际贸易博览中心等构成。此地原是一个被废弃的火车站，一百多年前华人在此落脚，开设中餐馆、洗衣房、小百货店等，现在已成为巴黎中餐馆最集中的地方，除华人外，法国人也经常光顾这里，品尝中国菜肴。唐人街建筑独具浓重的古典特色，集中国皇家园林和仿古艺术于一身，是塞纳河畔典型的东方特色景点。巴黎人称这里是"赛纳河彷的香港"。早上起来后，就可以像在国内那样随处可以吃到中国的早点。清晨的公园里，一群群老年人在做运动，有打太极拳、有练瑜伽的，还有跟着音乐做老人操的……看上去和国内一样。公园里还有些人坐在长橙子上读中国的报纸和书刊。漫步在唐人街里，让人忘了自己身在异乡为异客，倒真的就像生活在国内一样了。

走进一家华人开的餐馆，发现早点很丰富：有粥，有油条，有各种馅的包子和饺子，真是想象不出，自己是坐在巴黎的街头品尝着有家乡风味的早餐。一个月来，媛媛几乎走遍了十三区，也没打听到秦凯的消息，身上的钱也快花光了，眼看又要缴纳房租了，克里斯汀娜向媛媛提了好几次，媛媛都说再过几天吧。

这天晚上，克里斯汀娜又一次要媛媛交她那份房租，说再不交房租老板就要收房子了，媛媛被逼得哭了起来。她感到十分委屈，她无法理解和自己朝夕相处的克里斯汀娜，在自己走投无路时帮助过自己的善良的克里斯汀娜，在金钱上却是那么认真和斤斤计较。

克里斯汀娜也很纳闷，在她看来要媛媛交房租是理所当然，这是她从懂事开始就遵循的游戏规则。她来到媛媛面前，双手把住媛媛两个肩膀，把媛媛按在沙发之中，盯着媛媛泪汪汪的眼问道："怎么啦？"媛媛回答："我真的没有钱了。""没钱可以赚嘛。"克里斯汀娜轻松地叫道："像我这样，赚钱很容易的，你会比我更棒，因为你是这里唯一的，东方美人。"

卖淫！这个对于中国人来讲最肮脏的职业，在克里斯汀娜那里尽然如此平常。媛媛从二十六年来，一直没碰过男性，那天在山间被阿桂强迫后，她连死的念头都有了，要不是秦凯的影子支撑着她，很可能就跳下了山谷。而今天可恶的克里斯汀娜竟然要自己和她一样。媛媛有些愤怒了，她猛地站起来，舞动着双手冲克里斯汀娜喊着："NO！NO！赚那种钱是肮脏的！肮脏的，连人都是肮脏的……"

克里斯汀娜感受到严重的被侮辱感，"哦，哦……我真没想到你是如此看待我们……告诉你这是我们的职业，是我们的工作，像所有的工作一样，都是高尚的……"克里斯汀娜激动起来："你看不起我们，请你拿出干净的钱来交房租！现在！就现在！……"媛媛颓然的坐下，克里斯汀娜的宏论使她震撼，生存的需求，使她的传统开始摇动。

第二天晚上媛媛跟随着克里斯汀娜来到了一个酒吧，据克里斯汀娜介绍，这酒吧客人都很有身份，只是陪酒聊天。酒吧装修十分豪华，客人多是观光客，各种肤色的人都有。酒吧里有一个不大的舞池，舞池里闪烁着五光十色的交织旋转的光波、英国威士忌、法国白兰地以及俄罗斯的伏加特、混着各种烟味、香水味、胭脂味，在强节奏的旋律中，疯狂扭动的腰际、颤抖的乳峰间谧漫着。那些露肩的、裸背的、敞胸的、亮腿的女人们，用褐色的、淡兰色的、浅绿色的、宝石黑的眼波，向形形色色的男人们挑逗着……

乐队的演奏突然停止，舞池的灯光明亮了，疯狂的人群像接到口令般安静下来。大约有五分钟的时间，一首轻盈流畅的舞曲响起来，舞池的灯光又暗淡了，人们相依相偎搂抱在一起，在朦胧的光波里，轻轻地晃着。

一个身穿夜礼服的中年绅士，走到媛媛面前，他下意识地拉拉衣领下边的蝴蝶结，又摸摸黑亮而整洁的络腮胡，微微地弯着腰，向媛媛伸出了右臂，做了个优美的邀请动作。媛媛当然懂得这种礼貌，站起身来向络腮胡伸出了手。当媛媛随络腮胡步入舞池时，在一旁的克里斯汀娜快乐地鼓起掌来。

当舞曲结束后，络腮胡邀请媛媛到自己的包间休息。说实话，媛媛对面前的舞伴并不反感，络腮胡在跳舞过程中，充分展示了自己的教养。但在这种邀请面前，媛媛还是犹豫起来。

克里斯汀娜却一把抓住媛媛的胳膊嚷道"走吧，我也去享受享受。"

包间不大但非常精致，也许只有巴黎的艺术大师才具有如此迷幻的设计。框架镀金的玻璃茶几，仿佛是水晶制品，在壁灯下熠熠闪着蓝色、紫色、红色的光。桌面上有一瓶法国拉斐葡萄酒和几支水晶酒杯。络腮胡先生往三个杯子倒了些酱紫红的液体，一只手举起一个杯子，分别送到媛媛和克里斯汀娜面前。

两个女孩接过了酒杯，三支酒杯碰在一起，发出"当"的清脆的声响……

第二天当媛媛醒来的时候，太阳已经透过宽大的玻璃窗，把一束光线射在自己的身上。她揉揉被阳光刺激得眯缝的眼睛，发现自己居然睡在一间宾馆里。媛媛惊恐地翻身而起，胡乱地整理下衣服，却发现桌子上放着一摞法郎。她明白了发生了什么事情，她上上下下看自己的身体，手也来回地抚摸着自己的躯体，继而发疯似地扑向桌子，抓起法郎向空中抛去，任花花绿绿的法郎飘荡散落，她却大声喊叫着："NO！NO！"之后爬在地毯上嚎啕大哭起来。

在哭喊中媛媛趴在地毯上睡着了，不知过了多长时间，她朦朦胧胧中似乎听见克里斯汀娜在说话："你看不起我们，请你拿出干净的钱来交房租！现在！就现在……"

媛媛被惊醒过来："房租！房租！"她的目光移到地毯上的花花绿绿的法郎上，"哈哈哈……这不是房租吗？"

就在这一瞬间，媛媛在生理和心理都发生了巨大的变化，几十年传统的观念轰然崩溃了。她开始理解了克里斯汀娜，她觉得在获得金钱的过程中，也获得了异性的冲击，而这种冲击也给了她这个自我封闭的女人从没感觉过的快感，尽管在以后的生涯中这种快感完全被麻木与痛苦代替。

【五】

巴黎已进入了冬季，整个巴黎已经被白雪装扮成了银色的都会。在花都巴黎已经逗留了半年了，媛媛显然已经接受了眼前的生活，巴黎的一些风月场所也逐渐落下了她的脚印，她结交了一帮自己圈子里的朋友，钱包也开始鼓了起来。为了活动的方便，她和克里斯汀娜分开了，自己在巴黎13区租了一栋三室一厅的房子，总算安顿下来，生活倒也过得安静闲淡。

她已经不敢再深想自己和秦凯的感情，她认为自己已经不是过去的媛媛，已经没有资格再沉醉于过去的甜蜜之中。她已经学会了在各种场合中猎取形形色色的客人，就向一头花豹那样敏锐坚定，决不会让抓住的猎物从利爪中挣脱，而美丽和微笑就是她媛媛的利爪。

她学会了花钱，只有在大把大把花钱的时候，她才会感到一些安慰。她常常为享受商场的售货员低三下四的笑脸而去购物，而购回来的东西经常被扔在一边从不使用。她学会了抽烟，她喜欢把烟雾喷在自己追逐者的脸上，在烟雾中去欣赏那些男人们的狰狞。她也学会了酗酒，喝醉后脱光衣服躺在暖气十足的地毯上，感觉灵魂的升华和秦凯虚幻的身影。

可是这天她并没喝醉，她从家乐福出来，却真的看到了秦凯在距家乐福三十多米的地方向公交车站走去。鹅毛大雪不时遮挡了她的视线，她不顾一切的追了过去。而此时那个男人却跨上一辆开过来的公交车，留下气喘吁吁的媛媛一脸无辜的站在那里，直到雪花把自己包成了个雪人。

从这天起媛媛的心里发生了微妙的变化，虽然她从未对那些男人有过好感，但为了掏空对手口袋里的法郎或美钞，她总是要装出一副令男人心跳的笑。然而现在她怎么也笑不出来了，那个虚幻的背影，带走了她的全部的笑。客人们在她面前是一张张魔鬼般的脸，她经常对客人发脾气，甚至把客人赶走，她终于明白了秦哥哥回来了，又占有了她内心的全部。好在她已经有了一些积蓄，她不必每天都要去找钱买米了。

媛媛一连几天到看到秦凯身影的地方去转悠，但令她一次又一次的失望。那天媛媛又是一脸的沮丧，下意识地走到秦凯上公交车的站台，毫无目的地在站牌上搜索，媛媛的眼前一亮，停留在"International Business School à Paris"站台名上，这是法文书写的"巴黎高等商学院"，这不是秦凯读书的学校吗？

媛媛兴奋得跳起来，毫不思索地一抬手，叫停了一部出租车，向商学院驶去……

巴黎高等商学院由巴黎工商会于 1881 年创立。至今已有 100 多年的历史，是法国最负盛名的高等商业管理学院，也是欧洲最有名的商学院之一。媛媛坚信秦凯一定在这里，她一定会在典型的欧陆建筑群中，惊喜的发现自己的秦哥哥。

这是一个阳光明媚的周末，刚刚吃过午饭，媛媛就来到校园里。暖烘烘的阳光从空中撒下来，在草坪上跳跃。她看到席地而坐的各种肤色的学生，用英语快乐地交谈着，那种单纯得不知天高地厚，快乐的无以复加的生活，真实而又虚幻的诱惑着她，媛媛感觉自己又回到了学生时代。她在一处树荫里坐下来，享受这难得的生活赐予她的幸福，什么都不想，什么都不做，现在的她竟一时间感谢起生活对她的眷顾。

环顾四周，不少同学们全都在享受这片刻的安宁。或许下午还会有繁重的课业，还会有一场激烈的球赛，还会有一场小型辩论赛，但此刻的午后时光就像饭后甜点，是必不可少不可或缺的。

不远处的张贴栏里一张巨大的海报，这引起了媛媛的极大兴趣。她站起身踱着步想过去看看，这时有人一阵风似得从背后冲到她面前，挡住了她的去路。媛媛极好的心情又被破坏，刚想理论两句抬起头却只是张大了嘴巴。在巨大的惊喜面前，一切词汇都显得苍白无力。媛媛张着嘴，直愣愣的好半天才喊出一句："秦哥哥！"

原来秦凯从图书馆一出来，就注意到远处草坪上那个中国女孩的身影了。上世纪 80 年代的中期，能在海外他乡遇到一个同胞实在觉得珍贵，但距离远而且那么多年没见他实在没想到是媛媛。秦凯一直看着草坪上的她，犹豫着要不要打个招呼。直到她离开草坪，他以为她是要走掉却不曾想她是去看那副海报，于是他一阵风冲上去挡在了媛媛面前，这才有了俩人的不期而遇。

秦凯拉着媛媛的手，似乎当年的一切都没有发生改变，他俩依然属于彼此。媛媛冲着秦凯一会儿哭一会儿笑，这么多年的辛酸一下子竟不知道该从何说起。秦凯把媛媛紧紧搂在怀里，闭上眼睛一句话也说不出来，只是用手轻轻的在媛媛背上抚摸着。

媛媛感觉到秦凯手的抚摸，转递着太多太多的沉重的记忆：父母的不幸，国家的不幸，流亡生涯的艰辛……

媛媛感觉到秦凯久久地沉默，隐藏着太多太多的儿时的柔情：打雪仗，堆雪人，抢糖块，跳皮筋，踢毽子……

当天晚上秦凯将媛媛带到自己的宿舍，秦凯坐在长沙发里，媛媛躺在沙发上，把头枕在秦凯的大腿上，仰望着秦凯那轮廓分明线条流畅的脸，委屈地讲述着自己出国寻找他的经历，秦凯被媛媛对自己的深情所感动，他的回应还是像大哥哥般地轻轻抚摸着媛媛黑亮润滑的头发。

可是当媛媛讲述翻越比利牛斯山的故事时，秦凯听得心惊胆颤。也许是对媛媛保护的本能反映，他一把把媛媛抱起来搂紧在怀里。秦凯感到媛媛硬挺的双乳，突然他脑子一片空白，他发现媛媛已经不是过去的黄毛丫头了，而变成了使自己心跳不已的女人。

媛媛此时也感觉到秦凯和过去秦哥哥的差异，她在秦凯的怀里身体颤抖得很厉害。她紧紧的抱着秦凯，企图使自己不颤抖得那么厉害，却不料她抱得越紧，越激起她那多次在梦中获得过的欲望。

媛媛也隐隐感觉到秦凯身体的变化，她知道他们这对相依为命的兄妹间的感情，只是包裹两人恋情的外壳，正像地球外壳包裹着深处的炽热滚烫岩浆一样，在此刻只要一松懈，便会猛然喷发出来……

于是当秦凯滚烫的嘴唇快贴近自己时，媛媛伸出了两个手指，挡住了秦凯移动的嘴唇。媛媛这个举动，可以说是腼腆，但更主要的原因是媛媛自身的愧疚。媛媛知道自己已经不再配得上面前这位高大俊秀的男人，自己为了见到他而付出的代价，再也不能在秦凯面前充满骄傲，媛媛已不再是以前的媛媛了。

秦凯被媛媛宛然拒绝有些尴尬，他为自己的急躁和失控感觉羞涩。他"嘿嘿"笑了两声便连声说"对不起"。

媛媛起身来换了话题："秦哥哥以后你有什么打算呢？"

秦凯也站起来，身材显得更加挺拔。他把右手举过自己的头，像演讲家一样晃动着："我们的父辈虽说都已经走了，但是我总觉得他们在天上看着我，看着我是否能像他们一样，去努力奋斗，去不停进取，做一个对社会有责任感的人。"

媛媛从来没听见过秦凯的宏大的理想，她觉得秦凯不愧是自己热爱着的男人。媛媛眼里发出异样的光彩。

秦凯只顾说自己的："我现在正在读博士学位，如果不出意外还有一年就可以结业。"

"意外！什么意外？"媛媛不解的问道。

秦凯说："我是说学习如果不中断的话。"

"因为你要外出打工来赚钱养活自己！"聪明的媛媛打断了秦凯的话。

"打工怕个啥！那年我逃出来时，就是一边打黑工，一边赚路费，一段一段偷渡来到法国的。刚到法国的时候，中国人很少，像我这样逃出来的人，也不敢和中国人接触，只好给法国人打工，我下窑挖过煤，下海捕过鱼……"

媛媛心疼地问道："你肯定吃了不少苦吧？"她停顿了一下："秦哥哥那年你为啥要逃呢？丢下我不管，害得我天天想你，专门跑到法国来找你……"

秦凯的神情有些痛苦，面部抽动了一下："不跑行吗？那时刚粉碎'四人帮'，中央的一批老同志正在活动着给邓小平平反。我觉得时机到了，就写信给中央领导要求给你爸和我爸平反，可人家说这是毛主席点过名的，我提出中央在批评'两个凡是'他们就说我是反对毛主席的现行反革命要抓我，多亏我爸的一个老部下给我透了个信，要不跑，没准和张志新一样给毙了……"

秦凯看到媛媛的眼睛湿润了，他一挥手："说这干吗？都过去了的事。本来我打算一边打工一边把博士念完，赚两年钱，在巴黎买个大房子，就回北京找你……"

"我才不信呢！这些年你连封信也不给我写，别当面尽说好听的……"媛媛撒娇了。

秦凯介绍到："我能给你们写信说什么呢？开头两三年也不敢联系呀，害怕影响你们呢！后来推倒了'凡是派'我又能告诉你啥呢？说我挖煤！打鱼？"

媛媛不但理解了秦哥哥多年为啥没写信，她在秦凯的谈话中，感到了秦凯是怕她担心和挂念，于是故意地冷冷一笑道："你就不怕你的媛媛死了！"

秦凯急了喊道："媛媛你胡诌个啥？"他左手伸到媛媛身后，抓住媛媛的脖子，右手却堵着媛媛两片发烫的嘴唇。"媛媛不需胡诌，我还没娶你呢！"

媛媛猛地抱住秦凯"哇"的哭了起来，慢慢仰起脸，用泪水汪汪的眼望着秦凯："我早就等着你这句话呢！"说完便微微闭上了眼睛，两片红红的嘴唇抖动着……

秦凯急不可耐地弯下头去……

【六】

媛媛走了以后，秦凯沉浸在与媛媛久别重逢的喜悦当中。说实话，秦凯是不愿意媛媛再次离开自己的，但媛媛以家庭历史的辉煌与自己对他的爱，鼓励着秦凯必须迅速的完成自己的学业。并且媛媛再三的声明，自己在巴塞罗那有一份待遇极好的工作，用她的工资足可以支持秦凯完成自己的学业。

当秦凯把媛媛送到巴黎火车站时，俩人依依不舍的拥抱了许久。在乘务人员最后一次催促媛媛上车时，媛媛留下了一句话："听话，好好读书！"列车徐徐的启动了，秦凯望着徐徐远离的列车，细细的品评着媛媛一开始的那句话，他感到媛媛这一句简单的离别词的份量，说这句话的媛媛也仿佛成了自己的大姐姐。

当他接到媛媛寄来的第一笔钱的时候，他既羞愧又感动，他跑到学校对面的电话亭里给媛媛打了一个电话，说了不少感激和思念的话。此时的秦凯，只有一个念头：完成学业！他已经不需要再靠打工来维持生活，把全身心投入到学习当中。早上很早起床到宿舍后面长满绿树的跑道上锻炼半个小时的身体，然后一猛子扎进书海里就出不来，学习生活既紧张又宁静。但没想到一个突然出现的中国女孩，却轻易地改变了秦凯人生的航向。

这天上午是两节选修课，原本秦凯准备去图书馆想找点自己的专业书籍来看看，结果室友说今天班里要转进来一位中国女学生，硬是拽着秦凯去了教室。关于这个即将转来的中国女孩子，班导已经提过好几次。听说在国内家世显赫并且个性十足，她是个交换学生，将在这个学校学习一年时间。

秦凯和室友到教室后刚坐下，老师就领着一位中国女生走了进来。这是巴黎春天，初暖还寒，不少巴黎人依旧穿着冬天的服装。而这位中国女生，下身只穿一条及膝短裤，露出裹着丝袜的修长漂亮的两条腿来。她上身穿一件黑色羔羊皮紧身夹克，斜口大翻领露出红色毛衣的领子，领子边镶嵌着金色的花边，凭空添加了几分高贵。眉毛很黑且细长，眼睛不大但是永远在笑。

老师让她随便找个空位置坐下来，她却喧宾夺主的走向讲台，把男孩子一样的短分头甩在右侧，瞪着溜圆的眼睛扫视了全班直到所有人都安静下来，然后她笑了，学着老师的样子敲了敲黑板，用英文说："诶，大家听我说两句！"顿了顿她接着说："我虽然不是一匹来自东方的狼，但你也不要认为我是一只羊。我希望女同学都喜欢我，男同学都欣赏我。我是来自中国的交换学生周欣霓，以后都是朋友，有事说一声！"说着她拍了拍自己的胸脯，那感觉像极了黑社会大姐大。

正当同学们都还在回味她刚刚的发言时，她已经微笑着在秦凯后面的空座位上坐了下来。老师虽然微笑但却一脸捉摸不透的样子开始了授课，同学们也是怀揣着对这位新同学的好奇翻开了书。秦凯虽然不怎么留意，但刚刚她的自我介绍还是让他心里小小的震了一下，毕竟自己当初走上讲台自我介绍的时候还扭扭捏捏的像个女生。

　　正当秦凯也在回味着她的介绍时，周欣霓从后面递上来一个纸条和一封信。秦凯一脸雾水的回过头去看着她，女孩子冲他笑笑，抬了抬下巴示意他接过去。

　　秦凯拿过信封打开折着的纸条，上面一行大气但是很好看的字：我是你爸爸战友的女儿，这是我爸爸托我带给你的信。

　　秦凯一脸惊讶的回头看了看女孩子，她依然热情的冲他笑。秦凯回过头拿着信，他此刻心潮澎湃，这是他到国外后，收到的第一封信。秦凯捏着信封，好半天才颤抖着双手打开了它。

　　信中写到：

　　"秦凯贤侄！不知道你是否能收的到这封信，但我还是写了。我是你爸爸的老部下，就是当年在公安局工作的周叔叔。当年我把你可能被捕的消息透露给你，你失踪后上级对我审查了好久，一直到十届三中全会后彻底的批判了'两个凡是'的观点，我才重新被安排了工作。现在在对外经济贸易部任副部长。后来我曾委托许多出国的朋友打听你的消息，在巴黎使馆的帮助下才得知了你的下落。巴黎国际商学院是一个非常好的学校，你学的经济专业正是我们改革开放正需要的人才。望努力学习，完成学业，学成后回国效力！"

　　秦凯明白了，眼前这位女孩子就是周叔叔的女儿，心里上一下子缩短距离。

　　课后秦凯回过身冲着周欣霓，不解的问："你怎么就知道我是秦凯？"

　　女孩子一笑，顽皮的说道："我爸爸告诉我秦凯是一个身材高大挺拔、英俊的中国男孩，但愿我的号没对错吧！"秦凯也笑着说："谢谢你，周佳妮！我看你入错了门，你应该去学刑警。"

　　女孩子把嘴凑在他耳边大声喊道："是周欣霓不是周佳妮！"秦凯被她这么一弄，反倒有些不好意思起来。心里嘀咕着这女孩子怎么像男孩子一样粗鲁喃。旁边几个外国同学冲秦凯一脸坏笑，却没料到周欣霓又没头没脑的丢下一句："爸爸对我讲，你走的时候高大魁梧，我还不相信我以为你在海外颠沛流离会营养不良，长得又瘦又小呢！"

　　秦凯被她问的又好气又好笑，反问到："我为什么非得长得又瘦又小？"

　　周欣霓猛拍了一下秦凯的肩膀，假装一脸苦闷的说道："我听说你没钱交学费，有时候吃了上顿没下顿，这样的日子也能长出你这副样子，上帝真爱创造奇迹啊！"然后又是爽朗的一阵笑。秦凯倒没有觉得不好意思，以前别的同学想要慷慨解难帮助自己都觉得窘迫的脸红，但是面对周欣霓的调侃他倒是觉得气氛很轻松场面也不那么尴尬。这女孩子怎么看都有点神经大条，往好了说叫男孩子气，况且都来自中国，彼此间那种感觉不言而喻。

　　但是这种感觉跟自己对媛媛的感情是不能比的，经过那么多年的磨难俩人终于有希望手握着彼此的手海誓山盟，他相信自己能对媛媛负责。而眼前这个女孩子只不过是自己生命当中的一个过客，就像飞鸽给自己带来亲人的问候然后匆匆离开。

　　秦凯将周叔叔的这封信告诉了媛媛，结果她不太同意秦凯回国发展。两大家族的命运被当时的政治折腾的悲恸凄惨，再回国既不能保证不再受到批判，也不能保证以后的事业有所发展。盲目回国这个选择似乎不太明智。秦凯觉得媛媛说的也有道理，但自己其实是想回国的。但为了不惹媛媛生气，秦凯没有过分强调自己的意见，反正半年后才毕业。

　　周欣霓的到来为班上增添了不少的活跃气氛，也给秦凯的生活增添了一丝丝的调味剂。不拘小节，率真执着的她似乎跟任何人都能玩儿到一起。课间跟男孩子在教室里打打闹闹，课余在足球场上也能见到她的身影。但不可否认的讲，周欣霓对秦凯的热情所隐藏的秘密，所有人都有所感觉，但是秦凯偏偏不这么认为，他更相信那是欣霓的天性。因为在他心里已经没有除媛媛以外的任何人的位置了。然而一次偶尔的事情，秦凯再也无法自欺欺人了。

这天课后去食堂吃早餐，秦凯收拾桌上的课本慢了点，离开的时候同学都走光了。刚出教室有人拍他的肩膀，回过头看见一张放大的歪鼻斜眼的脸。秦凯吓了一跳，一摞书稀里哗啦就掉了满地。他急急退后一步才看见是周欣霓，刚想发作的情绪被缓和了下来，看着眼前的女孩子此刻正笑成一团，秦凯顿时觉得自己有些傻。

"我说，你别老是搞些男孩子的动作！"

"我喜欢！"欣霓扬了扬头，笑着说道。

"你是喜欢，以后准没人喜欢你！"秦凯开着玩笑蹲下来捡地上的书。

"你也不喜欢？"

秦凯被这出其不意问题给愣住了，停下手里的动作仰起头看着眼前双臂交叉抱在胸前靠墙斜立的欣霓。欣霓的表情像是一脸认真，却又像是一脸的无所谓，秦凯竟不知道她是开玩笑还是说真的。

"秦凯啊，你赶紧点吧，姑娘我都饿死了！"周欣霓装出饥寒交迫的样子边说边俯下身子拍了拍秦凯的头，瞬间恢复了最初的和谐场面。

秦凯的瞪她一眼，然后快速拾起地上的书俩人快步向食堂走去。

此后谁也没再提那天的话题。女孩子依旧阳光灿烂对谁都是一副热心肠的样，秦凯依然专心自己的学业，课余跟女孩子聊聊天或者在球场上拼个大汗淋漓。俩人之间似乎什么都没有发生过，日子依然和谐的过，但是又好像彼此间总有意无意的回避着某些东西，心里像是隔着一层膜，谁都没有主动去捅破。

后来，秦凯独自坐在图书馆里看书的时候再也没有那种原始的安静了，总觉得欣霓的声音随时会在自己的耳边响起来，又或者总是给书翻页的时候一不留神就在字里行间看到了女孩子向日葵般的脸，细看却还是那些枯燥无味的字。他认为自己实在不懂得感恩，自己有了媛媛并且还按时寄钱支助自己学习，而自己却朝三暮四。他痛恨的用手砸了砸自己的脑袋，希望自己清醒点认真学习。可过不了几分钟书本上依然顽固的出现了欣霓的影子。

而周欣霓，似乎有点压抑不住，加上她那副率直的性子终于忍不住先出击了。

这天秦凯趴在桌上记着笔记，不时抬头望望黑板。忽然背后有人捅他，他以为又是周欣霓捣鬼于是没搭理。谁知这人蛮执着，秦凯不得不一脸无奈的转过身。却发现女孩子换了往常那副嘻哈面孔戴上了一脸认真的表情，递给他一张纸条然后低下头看自己的书了。

秦凯打开纸条，上面是周欣霓的笔迹：下午篮球场见，我有话说。

他心里一阵跳，略微感觉到周欣霓要说什么。有一丝期待也有一些挣扎，虽然媛媛远在他乡，但秦凯总感觉随时都有一双眼睛在盯着自己。但对于欣霓，自己心里的感觉也依然明确，他纠结着一时竟没有主意。

下午秦凯按时到了球场。阳光不错，球场上人影攒动，老远就看见绿叶堆里一朵花。秦凯没叫她，去小卖部买了瓶水回来之后在旁边的凳子上坐下来看她在场上挥汗如雨。周欣霓球技一般，但是球风不错，一抬腿一挥手之间沾满了男子汉的大气。秦凯想着这到底是个怎样的生物啊。

休息的时候周欣霓直接向秦凯走过来，在旁边的凳子上坐下来。秦凯将水递过去，女孩子没看他也没说话拧开盖子咕噜噜一气喝掉一半。秦凯想说"你慢点喝没人跟你抢。"但看她脸色觉得这话搁在平时但说无妨，但现在似乎不合时宜。

周欣霓把瓶盖仍在地上，脚尖盯着它踩来踩去好半天不说话，秦凯觉得气氛有些异样，想找个话题缓解一下却听到周欣霓忽然说："你为什么不喜欢我？"秦凯被她吓了一跳，本能的说："我没有不喜欢你啊！"他心想眼前这个女孩子哪里是女孩子啊，说话能把人折腾个半死，笔杆子一样直来直去直戳的人难受。

她猛的抬起头，眼睛里有了笑意："真的？"

秦凯没有退路，在她面前他似乎从没主动过永远被动。

没有海誓山盟甜言蜜语，就一段沉默的对白，周欣霓在此后的日子里嫣然一副女朋友的姿态对秦凯亲昵有加。而秦凯不反对不主动像是默认，虽然心里依然装着媛媛，但脸上却因为有了欣霓渐渐有了明朗的笑容。

时间过得真快，秦凯终于以优异的成绩完成了学业，成了巴黎国际商学院的经济学硕士。欣霓也结束了交换学生的生涯，她毫不犹豫的选择了回国发展，而秦凯却陷入了犹豫之中。

这一年他和国内恢复了联系，加以欣霓在耳边天天吹风，他有回国发展的念头。他认为必须把这个想法和在西班牙的媛媛做一次长谈，于是决定去一趟巴塞罗那，约媛媛在巴塞罗那一所四星酒店里相见。

得知秦凯来巴塞罗那的消息，媛媛欣喜若狂，几乎是一路小跑奔向酒店。这一年多来媛媛除了按月给他支助生活及学习费用外，每隔两三个月翻山越岭地总要去巴黎看看他，但是在秦凯看来以前的见面都没有即将的会面重要，因为这是决定他们前途与命运的会面。

当媛媛打开宾馆卧室的房门，秦凯扑了上去，连门都没有来得及关便拥抱在一起笑成了一团。这次会晤，两个人讨论了两天两夜，有沟通交流、有辩论争吵，最终两人达成了一个互相妥协的意见，在欧洲或在中国发展暂不定，秦凯可先回中国看看形式。

晚上两人躺在床上媛媛把脸埋在秦凯宽阔厚实的胸肌之间，享受着秦凯身体发出的好闻的气息，然后撒娇地说："你回去了可别像当初来法国时一样石沉大海。如果没有你的音讯，我还会来个寻夫中国万里行，到海里把你捞出来！"

秦凯则假装在媛媛手臂上咬一口，说："我恨不得把你吃到肚里，走哪带哪！"说罢两人又嘻嘻哈哈纠缠在一起。片刻秦凯轻轻的把媛媛搂在怀里，告诉她："放心吧！如果中国形式好，我安排好后，接你回来！如果形势不适合我发展，我马上到欧洲来找你！"

然后两人便相拥甜甜的睡去！

【七】

秦凯回国以后，媛媛无时无刻不在思念着秦凯。但她隐约发现此刻的思念与以往的思念有些不同，如果说以往的思念是青年男女对异性的渴望，那么今天的思念则是刻骨铭心的，带有深沉的挂念与责任。

　　自从他第一次在巴黎商学院找到秦凯后，回到巴塞罗那依然和克里斯汀娜住在一栋公寓里，依旧从事着过去的行业。实际上媛媛开始有了放弃目前这个工作的想法，她也可以像别人那样去找一个跑堂一类的工作干，但多年的生活她已经养成了大手大脚的习惯，而且现在又要支持自己爱人的学业。她清楚只有坚持下去等到秦凯完成学业再放弃，她经常幻想着在秦凯毕业以后，她们结婚，共同建造属于自己的小窝，过着宁静而温馨的家庭生活。

　　秦凯回国后，媛媛几乎每周发出一封信。刚开始几乎也是每周都要收到秦凯的回信。但三个月后她发现秦凯的信少了，而且信里文字中所传递的热情和温馨淡化了，甚至出现了一些词不达意的、令人费解的文字。

　　这天吃过早饭，克里斯汀娜在厨房收拾餐具。媛媛斜倚在门边跟她聊天，看着她把剩下的稀饭和鸡蛋倒在垃圾桶里，媛媛恶心的转身跑进厕所里吐了起来。克里斯汀娜吓了一跳，以为是吃了变质的东西，带她到医院去看医生。女医生细致的检查以后，摘到眼镜放到桌上，两手一拍合在中间："亲爱的媛媛小姐，祝贺你！你快要当妈妈了！这孩子已经两个多月了！我祝贺她在妈妈的肚子里健康成长吧！"

　　克里斯汀娜也兴奋不已，拉着媛媛跑到街上，居然买了一套漂亮的婴儿服装送给了未来的小宝宝。

　　对于自己的怀孕，媛媛是没有思想准备的，但她又惊又喜，惊的是来的太快，喜的是这么多年苦思苦念终于怀上了自己心爱的男人的孩子。她决定要把孩子好好的生下来，好好的带大。肚子里的孩子似乎是了解妈妈的心愿，不停的在母亲的母体中蠕动，而蠕动的次数越来越多，她哪知道母亲的心事越来越重，因为当她把自己怀孕的消息写信给秦凯以后，却没有收到秦凯的回信。她一连发出了三四封信都告诉了秦凯同样的内容，但是在收到秦凯那封词不达意的信后，便再没有回音。

媛媛的肚子一天天大起来，她已经放弃了工作，像西方所有怀孕的母亲一样。每天都跑到地中海的海边，躺在沙滩上晒太阳。夏天的阳光活跃而热烈，海风带着咸咸的湿气徐徐吹过，媛媛坐在暖烘烘的沙滩上。海滩上的人们在尽情的玩耍。有的在打沙滩球，有的在奔跑，小孩子们则专注的在沙上挖出各种的洞穴，用沙加水堆砌着各种各样的四不像的动物。不远处在海水中冲浪的人们嬉戏着，起伏的海浪忽而把人们抛向空中，时而一瞬间又把他们抛向水底。天是蓝的，海是蓝的，欢乐而沸腾的海滩也没能减轻媛媛内心的沉重，她爽性躺了下去，两手交叉放在后脑勺上，眯缝着眼呆呆的望着湛蓝的天空。她在想万里以外的秦凯为什么没有了音讯，难道会发生什么不幸吗？她浑身哆嗦了一下，手不由自主的摸着自己光滑挺起的肚皮上，还有四个月孩子就要诞生了，如果再没有秦凯的消息……她不敢再想下去，她想把这些思绪完全排除脑海，但是这种思绪像电影一样轮番的在脑海里循环着，媛媛有些累了，微微的闭上了眼睛。

天渐渐的晚了，人群渐渐散去钻进各式各样的餐厅晚餐去了。夕阳跌落在墨绿色的海水中，余晖却在天边抹出一片血，在沙滩上熟睡的媛媛也被这夕阳的余晖笼罩在红彤彤的朦胧之中。

大概怀孕的女人都嗜睡，当她醒来的时候被眼前的景象吓了一跳：一间不大但是干净整洁的房间，几乎全是木质的。窗台上放着几盆不知名的花花草草，阳光斜斜的从窗户里面照进来，在地板上撒下一把跳跃的光圈，媛媛惊讶的看着眼前的一切，却听见有人敲起门来。

她打开房门，一个男人走了进来。这人一米七五左右的个头，黄皮肤，黑头发，三十五岁左右，满脸络腮胡刮得很干净，胡茬却在两颊泛着青色，他左手端着一杯牛奶，右手盘子里放着三明治。当她看到媛媛醒过来随即高兴的说道："你终于醒了！昨天晚上我在海边看见你时，正好海水涨潮，你两腿都浸泡在海水中，一摸额头滚烫滚烫，又叫不醒你，不知道你家住哪，所以我就先背你到我这里来了。"说完憨厚的笑了，把牛奶和三明治放在桌上，又说："吃早餐吧！今天正好我休息，吃完后我陪你去看看医生！"

媛媛从洗手间洗漱完毕出来，感觉到有些头晕，她赶紧扶着墙角定了定神，冲那个男人笑了笑，说："唉！不好意思，麻烦你了！我可能是血糖低了，好像从昨天早上吃了点东西以后直到现在都还没有吃过东西！"男人也嘿嘿的笑了起来，露出了一排白牙："一天都不吃东西，肚里还有孩子，不晕倒才怪，赶快吃了吧！"

媛媛吃过早餐以后，俩人聊了一会儿天。这个男子告诉他自己叫汤文，是浙江人，出来有十多年了，现在一家餐馆做厨师。然后天南海北的扯了一会儿。媛媛感觉好多了，便千恩万谢的告别汤文，可汤文自告奋勇的要开车送她回家，媛媛推脱不过便答应了。

她们回到了自己的住地，正好克里斯汀娜不在家，客厅里很乱，还遗留下一些污秽的痕迹。媛媛忽然感觉有些恶心，忙躲进自己的房间。这时，肚子里的胎儿又扑腾起来。媛媛在沙发里坐下，突然她感觉这个地方已经不是自己应该待的地方，她不能把未来的孩子生在这里。她不由地又想起了秦凯，已经有好几个月没有他的消息了。她开始怀疑自己，一意孤行的跑来欧洲到底是为了什么，翻山越岭经历那么多心酸，最后好不容易在茫茫人海中相遇，还没尝过幸福的滋味却又要分隔两地。她有些怀疑自己和秦凯的感情了，有时候并不是生活所迫，或许当年的人还是当年的人，只是经历过的事情改变了他们的心，于是原本的约定就像放久了的食物，终究是会变质的。

这时有人在敲门，媛媛挺着肚子走到了门前打开了房门，汤文出现在门口，媛媛惊讶的问："你怎么来了？"汤文说："你走后我怕你行动不方便，有些不放心所以上来看看。有什么需要我帮忙的？"媛媛把汤文请进了客厅，在沙发上坐下，又给汤文递过去一杯冰镇可乐。

媛媛刚想坐下和汤文说几句话，大门又开了，原来是克里斯汀娜回来了，还带回一个满身酒气的墨西哥男人。墨西哥男人是克里斯汀娜的老相好，媛媛是听说过的。她对墨西哥人微微一笑，却没想到这位墨西哥人哈哈的笑起来，浓密的络腮胡也在抖动。他眯缝着深陷的眼，在汤文和媛媛脸上审视着，然后更放肆的笑着对克里斯汀娜说："看，看，她挺这个大肚子……还接客人！"

汤文一听，愤怒的站起来，两手握紧了拳头，但终究又使自己恢复了平静。然后用中文对媛媛说："你不适合住在这里。你不能把孩子生在这个地方。到我那儿去吧！我可以分租一间房给你，我也不要押金，你按时付房租就可行了！决定后给我打电话。"说罢汤文便离开了。

一周以后，媛媛决定接受汤文的提议。当她被汤文用那一个破旧的桑塔纳接到自己的家时，媛媛竟感动起来，她没想到汤文居然把一个两室一厅的房间整理的像有能干的女主人似得，汤文自己搬到了附间，把主卧室装扮起来。是那么的整洁、简练、温馨，居然在窗台上还放了一盆紫色的蝴蝶花。在透窗而入的金色的光线中，这些紫色的蝴蝶好像在飞旋。

汤文把媛媛引进主卧室，很憨厚的笑道："不知道你喜欢不喜欢？那紫色的花是那天我看你带着一个紫色的纱巾，我想你一定会喜欢紫色。"听了汤文的话，媛媛眼泪夺眶而出，这个为了寻找爱情颠沛流离近两年的女人仿佛在漆黑的夜空看到了一丝亮光，在冷漠的世界里感受到了一股温暖的春风。经过泪水洗涤后媛媛的那一对眼睛，显得更加的美。

汤文赶快递过去餐巾纸喃喃的说："别哭！别哭！我最怕女生哭。"媛媛擦干了泪水，心情也渐渐的平静下来，她对眼前这个男人有了信任，把自己的经历向汤文讲述了一遍。汤文瞪大着眼睛听着这个凄美传奇的爱情故事，这个山里走出来的男人不知是否能真正体会到这种近乎于浪漫的爱情故事的真谛，但他依然被媛媛执着的爱的追求所打动。

这一次交流，两个人的思想有了沟通，媛媛正式在汤文家安定下来，也不能出去做任何事情，好在一年多的风尘生涯使她有了一笔可观的积蓄，她每月向汤文交一些房租。媛媛是不会做饭的，现在有了孩子她仍然吃着汉堡三明治沙拉。汤文看着眼里，想在心里。

这天是汤文休息，不知道他从哪里弄来了一只老母鸡和党参及枸杞一类的补药，炖了一锅喷香喷香的汤，又炒了两三个小菜，叫媛媛一块儿吃饭。

一年多没有吃到这样美味的中餐了，不知道是媛媛太馋，还是肚子里的小孩儿太馋，媛媛显得很贪婪，吃得很快。当她感觉到自己吃饱的时候，才意识到自己的吃相很难看，两手摸着肚子冲汤文不好意思的傻笑着。汤文此时也在望着媛媛傻笑，他没想到这个看起来文质彬彬、漂亮的女孩儿吃饭时竟像饿狼一般，他给媛媛递上一份水果说："媛媛！你现在怀孕，你不考虑自己也要考虑孩子，以后干脆我们合在一块儿吃饭吧！"媛媛一想觉得汤文说的也有道理，便说道："好是好，我得掏饭钱！"汤文却笑答："媛媛！你忘了我是干什么的，饭店里应有尽有，我每天都要替老板做菜，让跑堂送到老板家。我多添一瓢水，多抓一把料，老板不会不同意的。"

以后在汤文的饮食调配下，媛媛的体力恢复的很快，孩子也长得更快了。细心的汤文在休息的那一天总喜欢扶着媛媛到附近的海边走走，理由是多晒太阳小孩子会更健康，他还经常讲一些有趣的故事给媛媛听。日子就这样一天天过下去，在外人看来他们就是一对即将为人父母的小夫妻。

【八】

1985 年 9 月秦凯结束了八年的欧洲流浪生活，以巴黎国际商学院经济学硕士的身份回到了北京。此时的秦凯已经 28 岁了，八年的西方生活在他那高大挺拔的躯体中融进了西方人的气质，使他那一对饱含中国式犹豫的眼睛时而略过一丝法国人的率直与快乐。

前来接机的是他父亲的老部下周叔叔和他的女儿周欣霓，周叔叔和秦凯握了一下手，接着两人拥抱在一起。周叔叔拍了拍秦凯结实的后背，然后推开秦凯两只手搭在他肩上，上下打量着秦凯说："八年了！你终于回来了，走的时候还是个小青年，现在已是个真正的男人了！"周欣霓在一边却大喊起来："秦凯！你不认识欣霓啦？"说着一把拉过秦凯，抱着他的肩膀行了一个西方人的见面礼，她亲了秦凯的左脸，又去亲他的右脸。秦凯倒有些不好意思起来，笑着推开欣霓说："那么多人看咱们呢！"

周叔叔用汽车把秦凯带到朝阳区团结湖的一所公寓楼第三层，打开房门进去了。对秦凯说："这是我的一套房子，现在空着没人住，你先落个脚吧。"欣霓却在嚷了起来："秦凯！你得谢谢我，我爸说要把你安排到这里住，光打扫卫生和布置房间都花了我整两天时间！"

秦凯一连声的感谢着。

晚上周叔叔在首都宾馆设宴为秦凯接风，参加宴会的有三十多人，几乎全是秦凯父母生前的同事部下及其家人。这是一群文化革命中的落难者，这些为共和国的建立而立过功勋的人们却在文革中饱尝了共和国给与自己的苦果。粉碎四人帮后他们痛定思痛，毅然的投入到对自己参与创造过的历史的批判中，然后以崭新的思维和姿态投身于改革开放的潮流，耕耘着共和国的未来。与其说这是一个替秦凯接风的宴会，不如说是一群带着历史创伤的人群对苦难的回忆。气氛是凝重的，尤其是说道秦凯父母的遇难很多人流下泪来。

如果说我们的秦凯在宴会上感受到的是历史的沉痛，而当时整个中国的形式却令他无比的兴奋。这是改革开放第一个五年，一批一批的文革的受难者获得了平反。改革的潮流打破了许许多多的历史的禁锢，摧毁了一幅幅捆绑人们手脚的枷锁，社会变革中涌出的新鲜事像雨后春笋一样层出不穷，整个被解放的社会释放出巨大的能量。

秦凯感受到国家在对他召唤，感受到了社会给他提供的宽大的舞台。父辈们都在新的重要岗位上担任着重要的职务，而一批一批的红色第二代已接过了接力棒，登上了他们的前辈以时代给他们搭建的舞台。作为父亲的老部下，现在官至副部级，领导着数十万人的大型国有企业集团的周叔叔将秦凯安排在自己下属的国际业务部工作，正好与周欣霓在一个办公室。

对周叔叔的这种安排，秦凯是心存感激的，他知道他与周欣霓在同一个部门工作也是周叔叔的良苦用心，而周欣霓更是兴奋不已。她兴奋的是父亲居然如此了解自己，并作出了这样的安排。她的兴奋和心底的活动常常通过富有挑逗的眼神中流露出来，每当秦凯被那侧身回头的眼神看的怦然心动时，他立即回避着她的目光，因为他心里有一个远方的媛媛。

　　刚回来头一两个月他几乎每周都要收到至少两封媛媛的来信，在那还是依靠邮政通信的岁月里，可以想象媛媛写信的密度之高。媛媛每一封信的字里行间他都仿佛听见了她对自己思念的倾诉，他感到媛媛的纤弱，他感觉到纤细的媛媛需要他的呵护，而为自己不能够履行自己作为男朋友的职责而隐隐的心痛。慢慢的欣霓对秦凯的感情被国际部的同事们都发觉了，而秦凯对这位如花似玉的一把手的女儿所表达的感情的冷漠与回避也引起了同事们的不解。

　　在一次和老市委大院的儿时玩伴及同学们聚会时，他突然感觉到了严重的失落。这些年轻的红二代几乎全是各大政府机构的科长和处长了，当他表达了对兄弟们的祝贺和羡慕时，大家却说："只要你愿意，便能轻而易举的怀抱乌纱美人归！"

　　这一次聚会后秦凯在很长时间里陷入了内心的挣扎中，和媛媛自幼相处的情景像电影一样在脑海里浮现。儿时和媛媛一起市委大院堆雪人，他记得一次和媛媛打雪仗他把雪花撒了媛媛一身，可媛媛抛出的雪球总是打不上他，便一屁股蹲在地上，蹬着腿哭起来。他赶快把媛媛抱起来，哄着这个比自己小 5 岁的小妹妹。他曾经拉着媛媛的手东躲西藏，跑到叔叔阿姨家要饭吃。他还记得在他逃离中国的头一天晚上向小媛媛告别时她那一双泪汪汪的眼，更使他刻骨铭心难以忘怀的是，在他离开欧洲回国时，在巴塞罗那向媛媛丢下的诺言以及灵与肉交流的温馨与激情……

　　但是这一切儿女私情在一个轰轰烈烈的大时代面前却显得如此的软弱，奋进中的中国给他提供了一个巨大的舞台。作为一个有光辉历史的家族的后裔，一个经受苦难磨练的男人，首要的是做时代的弄潮儿。他热爱这块土地，他热爱时代给他提供的机遇，他要铸就自己人生的辉煌。他知道朋友们所说的如果他愿意便可抱的乌纱美人归的含义，可这不就成了当代的陈世美吗？

他这种彷徨、犹豫、挣扎一直困惑着秦凯，但是一封媛媛的来信使他惊出一身冷汗来，在这种惊恐中做出了最后的决定。原来这封信除了过去的倾诉以外，媛媛还抱怨的告诉他为了他的学业自己承受了太多的屈辱，留下了多少挥之不去的心酸的记忆。这封信使他回忆起了在欧洲和媛媛一年在欧洲三四次的会面，他为媛媛的富庶而惊讶，为媛媛花钱的大方感到很不解，他也试探着问媛媛在巴塞罗那从事什么样的工作能有这样好的收入，而媛媛总是笑而不答的回避了这些问题。

他拿着媛媛的信的手开始抖动起来，反复的读着信中这一段："我为了你完成学业承受了太多的屈辱，留下了多少挥之不去的心酸记忆……"秦凯似乎读出了她"屈辱"和"心酸"的内涵，甚至在脑海里闪过了"妓女"两个字。秦凯不敢再想下去，他几乎要崩溃了。如果真是这样，自己还算个男人吗？他责怪自己居然接受了媛媛的资助，而自己的硕士结业证书上却写入了媛媛多少血泪与心酸，他感到自己不应该辜负了媛媛，他有立即回到欧洲寻找媛媛的冲动。但一瞬间他的耳边又想起了另一种声音"年轻人，你真的要选择一条黑暗的道路吗？尽管在那里有着美好的记忆，但这种记忆却是引诱你走向自我毁灭的诱饵。而面前你在一个多么宽阔的舞台中心啊！这里才是你成就你的男人梦的舞台……"秦凯就是在这样反复的挣扎当中，用他兽性的理智战胜了人性的冲动，强迫自己抛弃了过去。

秦凯微妙的变化被欣霓看了个透彻。

在一次集团举办的欢送赴美国出任分公司总经理的会后，欣霓把秦凯叫到总部楼下的花园里，她对秦凯说："听说公司在 88 年会设欧洲分公司，如果你想去，我去探探老爸的口气，也不是没可能的。"

欣霓的提议的确引起了秦凯的心动，回来一年多，虽然他极力强迫自己完全忘记过去，但是媛媛还是不断的在他脑子里闪现。虽说他已从一个集团国际贸易部的业务员迅速的升任为国际贸易欧洲市的副市长，但他也清楚的知道，除了自己的学历和周叔叔外欣霓也起到了不少的作用。这是欣霓传递给他的消息，他是心动的。因为在他潜意识当中他觉得这是一次和媛媛重逢的机会，然而他不想让欣霓看出他的想法，便装作若无其事的说道："欧洲有啥好？我们不是没待过，我觉得这北京蛮好嘛！"

欣霓打断他的话，嘴角浮出一丝冷笑，说："别以为我真不知道你的想法，你现在是一个正处，可一外放，你级别就达到副厅。在海外干几年，调回国内就可以正厅级出任集团副职，或者到部里出任司局长。你真的不心动？"

欣霓给秦凯描绘了一副升官的路径图，他听罢微微的一笑回道"在我们公司有背景的竞争对手太多了，像我这样已没有官场背景的海归博士硕士多得是，这机会落在我的头上的概率，几乎是等于零。"

欣霓诡秘的一笑，伸出尖尖的食指，在秦凯额前轻轻的一点："就看你聪明不聪明了……"

【九】

七八个月以后，媛媛生下了孩子，虽然这孩子早了两个月诞生，但依然是健康的。同屋居住的汤文像自己的孩子出生了一样忙的不亦乐乎，孩子的面部特征和秦凯一样。

对秦凯这个男人，媛媛的心情是复杂的，她曾经刻骨铭心的爱过，也义无反顾的奉献过。但对秦凯的对自己的遗弃，她却又恨不起来，因为他感觉到她的经历已经没有勇气再去面对这个男人了。

汤文很喜欢这个孩子，催着媛媛给孩子取个名字。媛媛不假思索的回道："先取个小名吧！"汤文却插嘴道："叫军军吧，男孩子的名字要有点刚阳气，长大了好当将军。"媛媛点头冲汤文笑道："也好，就军军吧！"军军的诞生给这个不是家的家带来了很多欢乐，汤文非常喜欢军军，常常抱回家一堆堆的小衣服、尿片、各式各样的奶粉，把军军的婴儿床边的柜子堆的满满的。

有一次汤文兴致勃勃的买回两大包尿片对媛媛说："这是新产品，一尿湿便会发出声音，免得把孩子屁股泡在尿里！"他还自告奋勇的拿起一张要给孩子换上，当他套住孩子的屁股后却发现空荡荡的像小孩子穿了个大人的裤子，原来他拿了一个特大号，把一旁的媛媛笑得几乎岔了气儿。

孩子就是在这样一个欢乐的气氛中长大，看着看着军军满一周岁了。在庆祝周岁的生日后，媛媛便向汤文提出自己也不能这么老呆着，想出去打打工，想请汤文看看他们饭店是否能够有点活儿干。说也巧，汤文当大师傅的饭店正好需要一个收银员，经汤文的推荐，媛媛把军军送进了一个华人开办的托儿所，自己进饭店打工，开始了新的生活。

这是一个介于工业区和居民区之间的饭店，白天工人们午间都到这里吃工作餐，晚上的客人则几乎是附近的居民，因此每天都有很大的客流量。

店的规模不大但装修却十分别致，一楼全透明的落地玻璃窗将店内的装饰一览无余，中央天花板处挂着一盏水晶吊灯，底下是整齐划一的桌椅板凳。二楼是环境优美的一个个小包间，皮质的沙发和精美的地毯透露出饭店主人的独特品味。

　　这天是一个节日的晚间，饭店外的空地几乎成了个停车场，客人把大厅座的满满的，还有不少人站在门口等待。肩上搭着白毛巾的跑堂们穿梭在饭桌之间，把一盘盘热腾腾的菜肴摆上餐桌，又顺手收回餐后的盘盏酒具，媛媛则在吧台内收款机边，打发票、收钱、找钱，虽已深秋了，媛媛仍然满头是汗。汤文则在厨房忙碌着，作为厨师长的他指挥着四五个助手像在进行一场战争。油爆声、锅勺碰撞声、跑堂催菜声、厨师的回骂声、卷着各式各样食品的气息，几乎令人窒息。大约在夜里十一点以后，就餐的人群慢慢的散去，饭店逐渐平静下来。跑堂们纷纷的在收拾盘餐整理桌椅，厨房则忙于清洗和打扫卫生。媛媛则在清算今晚的现金收入，好交给站在旁边斜着眼看着她的老板。

　　突然，眼前伸过来一双修长白净的手，指甲涂上了鲜亮的红色，食指和中指间俏皮的夹着两张大额钞票。媛媛见惯了各式各样的手，倒也没在意便接过钱找零，递给对方的时候一抬头却迎上了一双南美姑娘热情的眼睛，媛媛惊叫起来："是你？居然是你？克里斯汀娜？"

　　克里斯汀娜在掏钱时已认出了媛媛，她没有惊动媛媛，是因为想给媛媛一个惊喜。由于老板在场，媛媛只是说了句"想死我了！你等等，我马上就完。"

　　克里斯汀娜打发走了同行就餐的几个伙伴，要了一杯威士忌到一边去等候着。克里斯汀娜一直等候到饭店打烊，跟媛媛一起走出了餐馆。

　　这一对在巴塞罗那打拼的异国姐妹，嘻嘻哈哈的抱在了一起。俩人就坐在人行道上设置的椅子上，天南海北的聊着，互相告诉着对方分手后一年多的故事。当克里斯汀娜听说媛媛的孩子军军已经一岁多了，高兴的叫起来："媛媛，下周日是我的生日，我请了几个好朋友共同祝贺，你必须带着孩子来我家，我一定会给你准备你最爱吃的海鲜饭。"

　　周日这一天，生日的庆典是放在中午。按照西班牙人的习惯，中午就餐时间应该是下午两点。嫒嫒也准时的到达了，但没有带军军，因为军军被汤文一大早就带出去玩儿了。克里斯汀娜住在一个三室一厅的空间，嫒嫒清楚这是克里斯汀娜的职业所需。今日的客厅里布置的十分温馨，整个客厅都是粉红色为基调，拼起来的餐桌显得很宽大，摆满了各种酒瓶，有苏格兰的威士忌，法国的白兰地，黑莱仕的雪莉以及达拉古拉的香槟。餐桌的另一边则放着各种各样的食品，有面条鱼、沙丁罐头，黑毛猪火腿、橄榄果和一些甜品水果。最醒目的是一个半米直径的平底锅，所烤出来的黄灿灿的海鲜饭，鲜红鲜红的大虾排列在海鲜饭的面上。餐桌旁边则是一个带着轮着的滚动桌，桌子上是可供七八个人食用的生日蛋糕，显然今天的生日庆典是一个家庭式的鸡尾酒会。

　　嫒嫒走进屋子的时候，屋子里已经有了七八个人，看肤色都是克里斯汀娜的老乡，从肤色可以判断出他们是智利人。三个男士分别蓄着八字胡和络腮胡，显得孔武有力，粗狂而豪放。

　　他们随意的躺在沙发上，络腮胡抽着大指姆粗的古巴雪茄烟，浓浓的烟味和从几个女人身上散发出的各种不同品牌的香水气味混合在一起。一个身穿火红色连衣裙的智利女子打开了音响，顿时节奏鲜明具有南美风味儿的粗狂旋律缭绕起来。几个女人也扭动着好看的身肢，跳起了属于她们自己的舞蹈。大厅的灯突然熄灭，有人推着摇曳蜡烛灯光的生日蛋糕的小车到了客厅中间，大家嚷着让克里斯汀娜许愿，克里斯汀娜微微的闭上眼睛。一会儿她睁开了眼睛"呼"的一声吹灭了蜡烛，与此同时灯亮了起来。客厅中响起了开香槟的声音，随着香槟的塞被强大的气流弹向天花板，淡黄色的香槟喷出了瓶口，人们在香槟杯盏的碰撞声中拍着手唱起了："祝你生日快乐！祝你生日快乐！祝你生日快乐！祝你生日快乐！……"

"砰"的一声巨响，把沉浸在生日快乐中的人们吓了一跳，清静了。四五个警察冲进来，每个人都握着手枪，高喊着："别动！警察！"紧接着从门外又走进三个便衣。满屋的人都举起了手，三个便衣在满屋搜查，居然搜出了两个手提箱，一个装满了美金的百元大钞，一个塞满了一袋袋的白粉。原来克里斯汀娜的朋友络腮胡与八字胡，是墨西哥和智利的毒贩子，他们被警方盯住已久，毒贩把这场交易巧妙的安排到克里斯汀娜的生日庆典中，没想到仍然没有逃过警方的耳目。在证据确凿的情况下，警方命令每一个人在屋子里的人都在一张纸上签下了自己的名字，然后统统戴上手铐。媛媛这个时候才明白发生了什么事情，当她被警察拖着往外走时她才大声叫嚷起来："这和我没有关系！"她的声音充满了恐惧和无奈，接着媛媛凄凉的喊声便被音响里不停的播放着的"祝你生日快乐"的声音淹没……

<h2 style="text-align:center">【十】</h2>

欣霓诡秘的一笑，伸出尖尖的食指，在秦凯额前轻轻一点："就看你聪明不聪明了……"

欣霓这一点，的确把秦凯的心点了个透亮。从那以后他开始主动的聪明起来，他认为他必须从历史中走出来，风尘久远的历史是会蒙上太多的尘土，而抖落的尘土又经常会模糊自己的眼睛。他决定忘记过去，在心的深处彻底的剔除媛媛的影子，让她让出这个空间，好迎接欣霓的进驻。

　　做出这种决定后，他和欣霓自然就亲密起来。工作时互相配合，一同出差，一同出国访问客户，每逢到节假日总是相邀出游，看电影、进舞厅、泡酒吧，但去的更多的地方是欣霓的家。欣霓的父亲对这一切看到眼里，喜在心里，妈妈多次把女儿拉到一边说："你们打算什么时候结婚呢？"欣霓总是笑而不答。因为欣霓在心底盘算，这个问题她需要秦凯当面回答自己的母亲。

　　这是一个星期六的晚上，秦凯在欣霓家吃过晚餐，陪欣霓的父母坐在客厅沙发上喝咖啡。大家天南海北的说着，秦凯却有意的提起自己在欧洲的学习生涯，介绍自己对欧洲社会的熟知，他对这位集团的老总说："为什么我们的产品进入欧洲那么难，是因为我们对欧洲太不了解了。我认为一个企业的产品要进入欧洲应具备四个了解。一是要了解该社会的历史与文化，二是要了解该产品的营销渠道和模式，三是要了解欧盟对该产品的要求，四是要了解选择产品进入市场的最佳切入口。"

　　欣霓当然知道秦凯的良苦用心，他是想使自己的父亲知道他是最了解欧洲的人，好出任明年春天集团设在巴黎的分公司的副厅级老总。秦凯说话时周叔叔在一边微笑着倾听，不时点头表示赞许。秦凯满以为欣霓这个时候会锦上添花向她父亲推荐自己，却不料欣霓眼里略过一丝狡诈，故意冷冷一笑道："别吹了，把自己说成个欧洲通似的。咱们集团从欧洲召回的海归也不在三五个，我知道你想出使巴黎，在这儿给我爸灌迷魂汤。"

　　秦凯被欣霓一席话说得愣子那里，张着口半天说不出话来，只是瞪着眼睛望着这个每天都在鼓励自己争取出使巴黎职务的未婚妻。周叔叔看出了秦凯的尴尬，忙打圆场说："秦凯说的很有道理嘛！"

　　欣霓却撒娇似得对爸爸说："老爸！你也替秦凯说话！好啦，你欣赏他你就把他派过去吧！”然后欣霓站起身来一拍巴掌，转了一圈伸出了个食指指着大家说："但是老爸，你把我男朋友派走了，到了巴黎花都，他要是抛弃了，你得赔我一个未来的丈夫！"

妈妈却在一边嘻嘻哈哈的笑起来："那还不容易，结了婚一块儿走！"

婚期定位 1988 年的春节，但秦凯说为了尽快的赴巴黎上任，熟悉工作，不如提前，放在 87 年的圣诞节。选择在西方最重要的这个日子结婚，还包含了另外一层意思，就是在 1987 年 12 月 1 号集团公司正式下达了秦凯出任巴黎分公司总经理的证书。那时候圣诞节在中国还不是一个重要的节日，因此婚礼显得有些冷清。但是在秦凯心里这场婚礼却是他人生的重大的里程碑，他庆幸自己这一年多的选择和坚持。在简陋的婚礼酒宴上，对岳父岳母说了无数无数、感激、难忘、不辜负的话。而与欣霓的新婚之夜几乎全是在山盟海誓、海枯石难的话语中度过。

秦凯娶了欣霓，成了集团老总的乘龙快婿，以副厅级总经理的身份被派往了巴黎。现在他站在巴黎市中心二十一层的办公室里，透过明亮宽大的落地玻璃窗，指着尽收眼底的埃菲尔铁塔和凯旋门和塞纳河，兴奋的对欣霓用法语说："亲爱的，我终于回来了！大巴黎！"

欣霓的父亲的确是有眼光的，秦凯元月十号抵达巴黎后，便把原来公司驻巴黎的筹备机构全面整编接收，建立了完全适合在欧洲运营的公司机制。这样一个庞大的工程，他花了一个月。在巴黎本部工作正常运营后，他便把他的眼光投放到法国周边国家的市场上。他旋风般的拜访了德国、英国、意大利，于春节期间来到了西班牙的桥头堡——巴塞罗那。

在巴塞罗那，他礼节性的拜访了对外经济贸易部设在巴塞罗那的长城集团。在长城集团任部门经理的梁斌先生，梁先生是他巴黎国际商学院的同学。梁斌热情的接待了老同学，在巴塞罗那奥林匹克港口的虾王海鲜餐厅，招待来访的老同学，好客的主人还拉了当地一些著名的旅居西班牙的华商作陪。秦凯坐在虾王餐厅望着前方地中海巴塞罗那港湾内停泊的密密匝匝的游艇的桅杆，突然心里一动，正好从地中海刮来的一股冷风使他打了个寒颤。哦！就是在这个地方，三年前他来告别媛媛回国时，媛媛就在这里请他吃过海鲜。这一股冷风撕开了他内心封尘已久的伤口："哦！媛媛，媛媛你在哪里？"秦凯面部出现痛苦的抽搐，但很快他就平静了下来，仿佛他用一只手摁住正在出血的伤口，要把媛媛封尘在伤口里。但在整个酒会上，他眼前不停的出现媛媛。他不由自主的歪过头，轻声的问一个华商："我想打听个人！北京人，二十六七岁，叫媛媛！"

"哦！你问她！你认识她？过去我们谁也不认识有这么一个人，也就这一个月她突然成了新闻人物。这北京妞长得很漂亮呢！几个礼拜前，她涉嫌和南美人合伙贩毒，被警方抓了起来，现在成了新闻人物，每周的华文报都在追踪报道她的情况！"

秦凯回到了宾馆，心情非常沉重。华商给他带来的消息，他无法否定被捕的人就是媛媛，但他更没法否定的是，像媛媛这样一个女孩子，你怎么可能把她和贩卖毒品联系在一起。他彷徨、他犹豫、他纳闷、他甚至有些痛苦，他无法解释他揪心这件事的原因。最终他决定请个律师，代为了解情况。

第二天，他匆匆访问了两个客户，走进了律师楼。律师是一个叫安东尼娅的女子，三十多岁。她接受了秦凯的委托，说："放心吧，明天我就开始工作！"

秦凯回到了巴黎后，一个礼拜他接到了安东尼娅寄来了调查函，全文如下：

安东尼娅：

媛媛于 1962 年 4 月 15 日生，中国，北京人；

1983 年 4 月 15 日次，正式签证进入西班牙巴塞罗那；

1984 年夏天进入法国，认识南美人克里斯汀娜，开始卖淫为生，后回到巴塞罗那继续从事该行业；

1986 年产下一子，其父不详；

1987 年饭店打工；

1988 年元月涉嫌贩毒，在克里斯汀娜家抓获；

……

秦凯面对着这份调查，心情非常沉重，他的目光呆滞的停留在"1984 年夏天进入法国，认识南美人克里斯汀娜，开始卖淫为生；1986 年产下一子，其父不详"这一段文字上。他确认了过去的一种判断，自己最后一年多的学习生涯全靠媛媛卖淫来支助，他甚至相信那父亲不详的孩子是自己的。他觉得自己是一个罪不可赦的人，他认为媛媛误入风尘是因为他，他决心要帮助媛媛迅速无罪获释。

这时欣霓推门进来，他慌忙擦去眼眶饱含的泪水扭过头去笑着对欣霓说："欣霓，你回来了！"秦凯自己也知道，今天的笑那么勉强、那么尴尬。

欣霓是何等的敏锐和凌厉，她一眼就看出了自己丈夫今天的异样，她说："自从你从巴塞罗那回来以后，我就觉得你怪怪的，是有什么心事吗？可否跟我说说？"

秦凯知道，在西方有一句谚语"善意的谎言是可以原谅的。"他已经拟定了一个援救媛媛的计划，如果他把这件事情告诉了欣霓，或多或少会对自己计划的有所干扰，而这个计划是自己赎罪的计划。他笑着对欣霓说："亲爱的老婆，看我这不是好好的吗？"他把欣霓拉到沙发上坐下，伸出右臂把欣霓搂住。欣霓则躺在他宽厚的肩上，睁大眼睛仰视着秦凯。秦凯嫣然一笑，说道："欣霓，有件事情想和你商量。三个月来，巴黎的工作已经走上轨道，各职能部门的运转也很正常。我想把我的精力放在开拓欧洲国家的市场上去，这样我将提议你做公司的总经理助理坐阵巴黎，协调各职能部门的工作。"

欣霓随秦凯到巴黎以后，整整三个月都扮演着全职太太的角色，她这个经济学硕士早就闲不住了。现在听罢丈夫的话，一侧身抱住丈夫撒娇的说："嗯！真是我的好老公！"然后在秦凯的脸上亲吻起来！

【十一】

秦凯又一次来到了巴塞罗那，通过律师和临时监狱约定了探访媛媛的时间。在安东尼娅陪秦凯驶往临时监狱的汽车里，她对秦凯说："我已经接触过当事人，告诉她我是你请来的律师，是来帮助她的。可媛媛听说以后非常激动，猛然抱住自己的头，把食指深深的陷在自己的头发中，神经质的哭起来。突然，媛媛抬起头来，挥动着双手激动的冲我说'NO！NO！我不认识什么秦凯，你给我滚！'我不知道你们之间发生了什么故事，我把这件事告诉你，是想让你提前有个思想准备。"

安东尼娅和秦凯来到临时监狱接待室里，等候着媛媛的出现。一会儿媛媛在一个身穿制服的女看守的陪同下走进了接待室，秦凯三年没有见到媛媛，媛媛倒没有显得太大的变化，只是显露出疲惫与憔悴。原来好看的长发也剪掉了，穿一身宽大的囚衣，眼睛里流动着琢磨不定的恍惚。

她突然发现了秦凯，激动的冲安东尼娅喊道："你这个骗子！你这个骗子！我说过不见他，为什么要带他来？"说着扭身就想往外跑。

安东尼娅却亮开嗓门，斩钉截铁的喊道："站住！"

听到安东尼娅的喊声，媛媛止住了脚步，却听到安东尼娅继续说道"看来你是喜欢在监狱里待着了，因为你拒绝帮助！"

媛媛缓缓回过身来，在看守的安排下，媛媛在距离秦凯两米以外的椅子上坐下来。她深深的埋着头，不去看面前的人。秦凯被眼前的事情深深地震撼了，他有一肚子话想对媛媛说，但竟不知从何说起，最后含糊的吐出了三个字："你好吗？"

媛媛微微抬起头来，嘴角浮出一丝冷笑，回道："托你的福！还活着！"

双方又陷入了沉默。

半晌，秦凯又说："我会帮你洗脱罪名，把你救出去的。"

媛媛又冷笑起来，这不仅是嘴角的冷笑，而且是那张漂亮的脸蛋的扭曲，她回道："洗清罪名？我有罪吗？我无罪，需要你洗清什么？"

整个会面几乎在短暂和不协调的局面下度过，看守在一边催促"时间到了！"

媛媛听了看守的话，毫不犹豫转身便跟看守走了。秦凯望着媛媛的背影，对媛媛喊道："媛媛！保重啊！"声音是如此的沉重和嘶哑，它裹挟着太多的内容，忏悔、赔罪、心痛……

在回去的路上，安东尼娅透露了媛媛还有个两岁的孩子的情况。秦凯提出想去看看这孩子，但安东尼娅婉言拒绝了，她说："在法律上你是不可以这样做的，但是你可以躲在媛媛的地方看一下。"尽管秦凯不知道这个孩子的来历，而且听安东尼娅说这个孩子在和一个中国男人生活，但秦凯始终怀疑这个孩子是自己的，于是请求安东尼娅带自己去看看这个孩子。

在安东尼娅的安排下，他们在一个阳光灿烂的上午来到了汤文居住社区的儿童游乐场。游乐场里有二十多个孩子在嬉耍着。母亲们三三两两的坐在长条椅上懒洋洋的晒着太阳，天南海北的聊着，任凭孩子们嬉耍。稍小些的孩子则由母亲或者父亲陪着一块儿玩儿滑滑梯。

汤文带着两岁的军军在玩儿滑梯，他把军军放在滑梯高处的入口，一松手赶快跑到滑梯的末端来接军军。小军军玩儿的兴头十足，滑了一次又一次。在一群欧洲人中间汤文和军军显得十分打眼，秦凯一眼就断定这是自己要找的人。他远远的看着汤文带着军军恣意的玩耍，突然，他想了一个接近军军的妙计。

现在汤文又把军军举到了滑梯的高端入口处，当他刚要到滑梯的低端处去接军军时，军军却一把被一个男人接住，并抱起来。军军好奇的望着抱着自己的陌生的男人，倒也不显得分外的陌生，只是见汤文走过来他却把上身的中心向汤文移过去，口中喊道"爸比"。就在秦凯抱住军军的这一瞬间，他飞快的扫视了一眼军军，那酷似自己的轮廓和眼睛，他确认这应该是自己的孩子。当他听见军军管另外一个男人叫爸比时，他又开始怀疑自己的判断。

秦凯把孩子交还给汤文，拍了一下军军的屁股，向那男人问道："你的孩子？"

"是的！"男人回答。

　　见到军军以后，秦凯的心情更加沉重，他决定要不惜一切代价的把媛媛救出来，把这件事搞得水落石出。于是秦凯在安东尼娅的办公室正式聘请安东尼娅作为媛媛的辩护律师，付了首笔定金后承诺根据官司的进度分期分批支付律师费用。现在一个巨大的难题摆在了秦凯面前，他必须筹措巨额的钱来支付律师费用。他有的是钱，但都是公司的，何况这整个事件还不能让欣霓知道。

　　这天，他在巴塞罗那接到从巴黎打过来的电话，打电话的是总公司轻工部部长。部长向他汇报，有位西班牙客商向他进口十万件真丝短袖、衬衫。部长打电话的目的，是他知道老总在西班牙，想请老总抽空先和客户接触一下。照理说，下级把工作委托给上级是不符合程序的，但他并没有责怪部下的意思，这个信息带给秦凯一阵暗喜。他向部长要来和客户联系资料，连夜从巴塞罗那赶到了马德里。

　　第二天一大早秦凯便走进客户的办公室，这是一家名叫 3X 的从事服装经营的专业公司。当时西班牙电力纺真式短袖衬衫到巴塞罗那港口的价格是每件九个美金以上，而西班牙客户最终只愿意出价九个美金。秦凯飞快的在心里计算了一下，签署了供货的意向。现在秦凯手握九十万美金的意向书，摆在他的面前是怎么样绕过自己的公司完成这一笔交易。

　　回到巴塞罗那以后，他突然想起他同学梁斌请他吃饭的那天认识的华商。他找出了华商的名片，才发现华商叫李松明，是一个浙江籍的华商，正好是在巴塞罗那从事服装贸易。他打电话给李松明，请他马上到自己下榻的宾馆，说有一笔很重要的生意要跟他谈。

　　在宾馆里，秦凯告诉李松明这个大单来的非常不易，中间有三四个人介入，因此每件衬衫必须回扣一点五美金，也就是说按每件七点五成交。李先生是一个老生意精，在他看起来没有他做不下来的价格，但他依然做出一副十分难为的神态，要回了两毛钱，最后以每件回扣一点三美金达成协议，条件是回扣要在李松明和外国公司签署合同时以划线支票支付。而秦凯以巴黎公司总经理的个人身份，对李松明所支付的资金进行担保。达成协议后李松明接过秦凯递过的 3X 公司的样衣，千谢万谢地走了。

秦凯在这次成交当中净收入是十三万美金，有了这批资金后，媛媛的诉讼律师安东尼娅的工作全面的开始了。

与此同时李松明根据和西班牙 3X 公司签署的合同，完成了生产任务，准备装箱发运。此时 3X 公司派人到工厂验货，发现衬衫的款式和做工都没有问题，就是衬衫的色差非常大，把几件同样颜色的衬衫放在一起，明显的看出了颜色的深浅差异。3X 公司以商品的品质为理由，通知银行信用证暂时拒绝兑现，等候处理。按李松明的说法，这是在中国目前染织工艺的水平下，色差是不可避免的。别说这么大批量，就是每一缸的首尾染出了的颜色都不会是一样的。于是一场商务纠纷便在李松明和 3X 公司之间展开了。

收不到钱的李松明急了，找到秦凯要讨个说法。对于李松明来讲，如果信用证不能兑现，就意味着九十万美金不能兑现，而以佣金方式预支给秦凯的十三万美金也打了水漂。

秦凯担心这件事情被捅开，便陪着笑脸对李松明说："兄弟！稍安勿躁，让我来调节和疏通。别着急！"

秦凯赶快找到 3X 公司，没想到 3X 公司态度更加强硬，不仅是要拒付这批货款，还要通过法律途径索取赔偿。秦凯无计可施，只有请求上帝这场官司别燃烧到自己巴黎的公司去。

正当秦凯被生意上的事情搞得焦头烂额时，安东尼娅却传来了好的消息。她通知秦凯，法庭接受了媛媛的申诉，准备在 5 月 14 日开庭复议。

这天清晨九点，巴塞罗那A区法庭正式开庭。对贩毒团伙进行宣判，法官在分别宣读了对几个涉案的南美人的判决书后，宣布媛媛没有涉及此案，而当庭释放。

当媛媛被一群狂欢的华人华侨和华人媒体记者陪同着走出法院大门时，汤文抱着军军站在一辆灰色的桑塔纳小车旁边，而秦凯则靠在一辆巨大的奔驰的车门上。他们都快步的向媛媛迎上去，没抱孩子的秦凯抢在了前面，对媛媛说："媛媛！祝贺你！上车吧，我来接你了！"

媛媛平静的握了一下秦凯的手，轻声的说道："谢谢你！"说罢便转过身去，像迎面走来的汤文快步走去。

小军军早扑向母亲的怀抱，媛媛满脸是泪，不停的亲吻着自己的孩子，不停的说道："军军妈妈没事了！妈妈没事了！"然后回转身来，深深地向汤文鞠了个躬，说："汤文，难为你了！"便一起钻进了自己的汽车。

【十二】

媛媛无罪被释放了，秦凯却高兴不起来。自己费了那么大的劲儿、冒了那么大的风险帮助了媛媛，可她最自己却如此的冷淡，更让秦凯忧心忡忡的是，他不知道这件事情将给他的家庭和他的前途带来什么影响，他甚至有些后悔自己对媛媛做的这一切。但是，一想到媛媛为他所付出的艰辛和坎坷的遭遇，他又觉得作为一个男人，在媛媛最需要的时候出手相助对自己是一种赎罪、是一种报答、是一种良心的解脱。

　　他看到宽大的办公桌上有一盒雪茄烟，也不知道是谁送来了。平时从不吸烟的秦凯居然点起一支烟来，似乎想平息自己有些恐惧的心理。他抽了一口烟，喷出一团白色的烟雾，他举着雪茄烟，看见烟头在白雾中忽明忽暗的闪烁。

　　"唉……"他叹一口气，"既然是赎罪，既然是为了良心的解脱，后面的事听天由命了！"想到这里，他站了起来，把手上的烟头熄灭在巨大的水晶质地的大型烟缸里，然后踱步到落地窗前，两手扩了扩胸，然后插在腰间，俯视着花都巴黎，心里涌出一股男人的豪气："也罢！就算为媛媛死一回！"

　　忽然欣霓闯了进来，手上拿着一封信："秦凯！请你给我解释！"秦凯吓了一跳，赶快接过信一看，原来是李松明的律师发来的要他退还回扣十三万的信件。可秦凯哪里知道同样类似的信件，早由 3X 公司通过西班牙驻北京商务处转给了集团公司北京总部，摆在周总经理的桌上。

　　面对欣霓的质问，秦凯支支吾吾的不知怎么回答，但是欣霓岂能放过这一团疑问。面对欣霓这一个爱自己、帮助自己给自己铺平通向辉煌道路的太太，他不敢、不能、也不愿继续隐瞒下去。他知道，人一旦说了谎话便要用一千个谎言来掩盖，最终是越扯越乱。他知道他这件事情既违反了财经纪律，给国家带来了经济上的损失，又隐瞒和欺骗了自己的太太给她造成了极大的伤害，于是他就从头到尾把自己和媛媛的故事讲了一遍。欣霓痛苦地听着，不知道是对媛媛的同情，还是对自己选错丈夫的悔恨，还是对自己蒙受自己最亲爱的人长期的欺骗而感到愤慨。她泪流满面，泣不成声。

　　一个礼拜后，北京总公司集团总部派来一位新总经理接替秦凯的职务，而秦凯则被召回北京，等候处理，欣霓也随同回到北京。

回到北京后，欣霓主动的用自己多年的储蓄偿还了秦凯所收受的回扣十三万美金，使秦凯受到了从轻处理，开除公职，免于刑事处分。但秦凯欺骗了自己，欣霓坚决地和他结束了婚姻。

秦凯由于自己的行为使自己又回到了三年前的原点，他寄居在朋友家里，既没有了职务，又没了工资和单位。但是他一点都不感到沮丧，突然他觉得轻松起来，他的内心被掏得空空的，正是这空空的内心，却能重新装进他和媛媛过去的全部。

后来他断断续续听说了好多过去他不知道的媛媛的故事，媛媛1983年如何只身跑到西班牙来，如何适应不了海外的打工生涯而冒险翻越比利牛斯山寻找自己，又是如何顽强的生存下去为了寻找这份丢失的爱情而不幸坠入了风雨场所，又在漫长的皮肉生涯中承受了多少的凌辱，流下了多少辛酸的眼泪，来赚钱支撑自己完成自己的学业。他痛恨自己过去误读了媛媛，他把媛媛为爱执着的献身精神用世俗的眼光看成是一条污秽的道路，他认为自己才是肮脏的，自己的硕士结业证书每一页都浸透着媛媛的血。他诅咒自己，他愿用今后自己的全部精力与生命去换回媛媛的幸福。

秦凯在出任北京集团总部驻巴黎总经理期间，他获得了法国颁发的居住和工作许可证，他凭此证件，合法的由巴黎入境，辗转来到了巴塞罗那，此时的秦凯和媛媛的故事已有太多的版本在华人界传颂着。人们大多赞美媛媛的痴情，也有说媛媛是傻瓜的。秦凯落得的多是骂名，骂他是忘恩负义狼心狗肺的陈世美。

中国包公铡美中的陈世美讲的是中了状元而抛弃了前妻当上了驸马爷的陈世美的故事，他因荣华富贵而弃妻被包公铡掉了脑袋，陈世美抛妻固然可恨，但他能够高中状元却显示了他的才学，在这个比远古时代更加商业化的二十世纪八十年代末期，尤其是在海外的华商们已深深的懂得人才在商场竞争中的作用。

秦凯虽然演绎了一段负情郎的故事，但是巴黎商学院经济硕士和国企大公司巴黎总经理的背景，足可以证明他的才学。于是，旅居巴塞罗那的农民出生的头号华人企业家看中了他，请他出任凯旋国际贸易公司的总经理。他也不负所望，立即做出一份该企业的发展蓝图，包括在他手上五年上市的计划，使这位农民企业家佩服的五体投地。

这时候的媛媛已经埋名隐姓，和汤文一起到巴塞罗那近郊的一所中餐馆打工。他们两人带着军军住在同一栋房子里，憨厚的汤文依然像长兄般的照顾她们母子俩。军军依然管汤文叫着"爸比"，这种称呼有时使汤文不安起来，媛媛便笑起来："中国不是有干爸这一说吗？那你就算干爸吧！"不安归不安，说法归说法，三年多的患难与共，使两个人之间的关系发生了微妙的变化。照理说媛媛的高干出生和汤文的农民出生放在一栋房间里，正像把两块石灰石置放在一个化学瓶子中不能产生任何反应的，只有在瓶子里注入了水，这些石灰石便会逐渐的反应，产生化学反应，融合在一起。

时光如水，近三年如水一样的时光注入这个瓶子里，他俩有了化学反应。在双方的心中都出现了异样的感觉，但谁也不想去捅破它，他们把双方这种对未来的展望，融合进了对未来生活和事业的规划之中。他们议定，在这里再打上几个月的工，今后一同到西班牙的马约卡群岛开一个属于他们自己的餐馆。

秦凯既然已经上任，成为了巴塞罗那最强大的华人企业的总经理，于是到处追寻媛媛的下落。

在朋友们的撮合下，媛媛在汤文的陪同下去一家宾馆与秦凯见了面。当然憨厚的汤文却带着军军在宾馆大厅的咖啡馆静静的等候着媛媛出来，这次见面是一次戏剧性的见面，媛媛一进门秦凯便扑通一声跪在媛媛面前，他抱住媛媛的腿嚎啕大哭。

媛媛却木然的挺立在那里，像一颗没有生命的木桩。秦凯几乎用了最肮脏的语言来责骂自己，又用了最动听的语言去赞美媛媛。媛媛听着秦凯的哭号和诉说，依然一言不发。在秦凯的诉说触动了他心底的琴弦时，她下意识的伸出手抚摸着秦凯的头发。这个动作是对秦凯的怜悯，还是内心深处那一丝尚存情感的流露？这包含着复杂情感的动作，使秦凯感受到媛媛在心底深处还有自己那么一小块儿领地。她抬起头来，可怜巴巴的望着媛媛说："我回到巴塞罗那后被凯旋国际聘为总经理，而且老板答应给我股份。请宽恕我，为了你，为了我们孩子，给我最后一次机会吧。"

媛媛吃了一惊，她不知道秦凯为什么会提到军军，她想把这件事对这个负心的男人长期隐瞒下去，但是她的律师安东尼娅告诉她，独占孩子是犯法的，孩子有权利知道他的父亲是谁，他的父亲也有权利知道孩子的情况，除非是法庭有了判决。

听秦凯提到军军，她的心一下就软了下来，心理上所筑起的防线"轰"一声倒塌了。她双手扶起秦凯："来，我们坐下慢慢谈。"

聪明的秦凯马上感受到了军军这个孩子的威力，于是他把所有谈话的中心转移到军军身上来，他告诉媛媛，上一次跟在安东尼娅的陪同下去偷看军军，认定了军军就是自己的孩子。当他讲到他假装不相识的人抱起军军时，媛媛居然露出了一瞬而过的笑容，嘴里却骂道："你就是个无赖！"

秦凯听见媛媛的骂声，他感受到这是媛媛饶恕自己的信号。他扑通一声又跪在媛媛面前，对媛媛说："媛媛！我起誓，我将用我今后的生命照顾你和孩子，来赎清过去的罪孽！"他偷看媛媛一眼，感觉到媛媛的脸上已经没有了怨气，显得那么的平静，他的胆子不由得大了起来："媛媛！在这个星期日我们公司将召开一个新闻发布会，会上董事长将发布我出任凯旋国际总经理的消息，我觉得这一时刻是我们这一对苦命鸳鸯人生的又一转折。在这个我就职发布会上，我们宣布订婚吧！"

媛媛离开宾馆后，除了亲了军军两下外一直陷入沉默，一路上也没有和汤文多说话。对于刚才秦凯订婚的请求，她是没有任何态度的，因为她知道也就是在秦凯周日召开新闻发布会上午的九点，她将按照汤文的意见搭乘飞机离开巴塞罗那去马约卡开饭店。媛媛沉默还有一个最重要的因素，是秦凯的请求打破了她内心的宁静，在秦凯和汤文这个天平之中还有一个孩子，孩子向那边倾斜，可能就决定着她最后的抉择。显然这一次情感的较量中，孩子会加重秦凯的份量。

信心十足的秦凯在周日十点来到凯旋国际豪华的接待大厅里。大厅挤满了前来祝贺的朋友，如果说朋友们踊跃前来参加这次会议，是为了祝贺秦凯荣任总经理，还不如说大家想来倾听秦凯与媛媛发布的订婚消息。

按秦凯的想法，媛媛应该在八点半中就到达会场。可现在已经是八点四十五分，媛媛依然没有踪影。他有些沉不住气了，想开车去看个究竟："媛媛！你到哪里了？"

这时的媛媛已整理好了行李，和汤文搬出了他们的租家。媛媛从宾馆出来后的第二天，她把秦凯向自己求婚的事情告诉了汤文。从那天开始，汤文便陷入了无声的沉默，除了和军军玩耍的时候。

他们离开了居住两三年的小屋，向停车场走去。媛媛知道，如果她在此停下，就意味着她将带着军军回到秦凯的身边，如果她继续陪着身边这个憨厚而可信赖的男人，走向停车场上了汽车，她等于就把今后的日子托付给了汤文。她每前进一步步履都是那么的沉重，身边的军军却拉着汤文的手走到了前面。汤文拉着军军钻进了汽车，军军却在窗户里伸出了头对慢腾腾行走的媛媛叫道："妈咪！爸比叫你快点！"儿子的叫喊使媛媛突然清醒过来，钻进汽车把儿子抱在自己的膝上，紧紧地搂着。

一心忏悔的秦凯实在担心媛媛出什么事，他也不允许媛媛再出什么事。他驾车跑到了媛媛居住的小区，小区的管理人说："媛媛他们已经退了房，好像今天要离开巴塞罗那到外岛去！"

秦凯疯狂的调转车头，拼命的向机场追去。由于他连闯几个红灯，惊动了旁边的警察。到了机场秦凯也顾不得把车听到车场里，随便把车听到了一个位置，撒腿便向登机检查口狂奔过去。两部警车也紧急的停了下来，警察看见这辆车居然停到交通道上，说了声："肯定是个神经病！"然后两个人依然去追赶秦凯。

秦凯已经看到了在安检旁边的媛媛，而且汤文和军军已经通过安检进入到了隔离区。这时两个警察扑了上来，扭住秦凯。

秦凯绝望的在警察手中使劲挣扎，冲着远处的媛媛的背影使劲喊道："媛媛……"

缝纫女

这是用青春与爱情支付着共和国崛起历史代价的人群……

【一】

阿芬从缝纫机压脚下抽出最后一件短裙，已是凌晨 2 点了。她活动一下又酸又痛的脖子，由于少见阳光而显的苍白的脸露出了笑。她在心里盘算了一下 3000 欧齐了。虽说整整两个月没出过车间，除了上厕所，吃饭与象征性地打个盹，就没离开过机器，但是 3000 欧毕竟有了。

她躺在床上，感到莫明的兴奋，爬起来取出一张发黄了的相片，呆呆地看着。

住房是车间的一角，用木板夹断了十几间屋子，她与她的老板与工友，吃住都在这里。她坐在床边，头顶部是厂房锈迹斑斓发黄的钢梁，两边是压缩木板夹断的隔墙，对面靠墙，支着一张拼凑起来的单人床，一看便知道是从路边拾取的弃物，正面墙也是木板隔断，只不过是在两块木板中，挂一块垂下地面的布便是门了。

阿芬在这里睡了两年了，但是今夜她感到格外的亲切。手上发黄的相片，是她和丈夫军 1972 年照的，两个穿黄军装，戴黄军帽的 16 岁男女青年，站在一排用泥胚和麦杆造起的农场知青宿舍门前，门上还贴有伟大领袖笑眯眯的画相哩。

阿芬自嘲地笑了，像是在笑自己的童真，又好像在嘲笑隔壁搭铺男女工友的放肆。是啊，这多像当年上山下乡插队的地方，所不同的是，当年土插队是有户口的，而今天洋插队却是没身份的黑户。

哲学家们说的对极，历史往往极其相似的重复着。阿芬与她的丈夫军 30 年前从这里出发，向千千万万没办法，没门路的人一样，以下乡、回城、上岗、下岗的轨迹，伴随着共和国走完了最为艰苦的历程。但是，随着共和国的起飞，他们负载过多的历史沉淀，跟不上步伐而落伍时，他们没有骂娘，没有上访，没有把应该由政府与历史承担的责任，发泄在共和国身上，他们在机场的入口处，在海边渔船边，紧紧的拥抱自己的男人，让眼泪无声的滴落在孩子的脸上，这群以青春与爱情支付着共和国崛起历史代价的人群，以 40 几岁和 50 岁的年龄，飞向了兰天，扑向了大海，开始了插队的生涯。

阿芬感觉嘴角渗入了咸咸的液体，她不知不觉的流泪了。这是两年海外生涯第一次流出喜悦的泪，两年来，她以每天 14 个小时的工作，用她的话说，出门走路都不知交通规则了。但是，终于她积存了把老公搞出来的钱 6000 欧，和女儿冰冰入大学的钱 3000 欧。更令人高兴的是明天晚间 9 点，阔别了两年的军就要到了……阿芬看了看腕上的手表，已是凌晨 7 点了：“不对，是今天晚间 21 点。”她喃喃地……

阿芬掀起门廉走出房间，耳边传来各式各样的声响，有床的吱吱，男人的梦噫，女人的尖叫。更有一扇掀起的门廉，突突伸出一条肌肉结实，毛融融粗壮的腿来，在大腿的根部，高昂起神秘的轮廓。对于这些场景，生活在这里的人早已习惯，仿佛麻木不仁。但是阿芬今天心却扑扑跳起来，她移开了目光，却又飞快瞄了一眼，然后烫着脸钻进了洗手间。

巴塞罗那的这类工厂，是人类社会工业文明一个世纪缩影，最现代化的楼房，地下室却构筑了最原始的工场，楼阁里的居民，享受着最现代化设施带来的高品质生活，而工场的人们却靠透气窗，更换着充满着尘粉与荤浊的空气，最先进的自动化缝纫机具，用最零乱而无标准的电器元件与电线连成一片，穿在巴黎贵妇与西班牙女郎身上的韵味与风姿，却出于这些蓬头垢面，满身线头，惰于梳洗的东方女性之手。仲夏之日，欧美的女人们不远千百里，偕同情侣花枝招展喜闹在金色的海滩时，这里的女人们正敞胸露怀，汗流浃背地劳作着。墙角的简易橱房，喷出的油烟水气，那些男女工嘴角叼着的劣质香烟的云雾，以及汗味，脚臭味混搅在一起，令人窒息。

这气息淹没了正常人的情欲，窒息了女人们对美的追求。

但是，当阿芬从洗手间出来的时候，我们惊诧了，她像一尊埋藏地下百年的青铜镜，一经打磨，便恢复了原样，释放出异彩。

鸭蛋型略苍白的面额，扑上一圈红荤，平时被垢物粘结的眼睫毛，用眼膏浓而密的翻开，闪出一对杏眼来，女为知己者容，今晚鹊雀要相会了。

【二】

阿芬的喜讯，自然要与阿兰分享，阿兰是她的工友，又是东北老乡，又与她床对床的睡了近一年。阿兰小她十几岁，是个大专生，自然开放一些，终于耐不住寂寞，与人搭铺了。走的时候，撂下一句话："大姐，啥时候你才学会为自己活一回"？然后嘻嘻哈哈地走了。

"为自己活？"阿芬长到45岁了从来没听说过。入小学时老师说，要为祖国与人民活；当了红卫兵在乡下接受再教育，懂得了为领袖活；返城后上了岗，领导说，为革命活；后来结了婚有了女儿，加以时代变了，她和老公都下了岗，才发现过去的活法有问题，因为那些空话都解决不了油盐柴米，衣食住行。现在她明白了，最重要的是为这个家，为女儿和老公活。一天，她对老公说："听说西班牙好赚钱，一个缝纫工一月可赚一万多块人民币，这可是咱们两一年练地摊的收入，让我去闯闯？"

军说："要去让我去，你一个女人……"

阿芬接道："女人咋啦？你还怕跟人跑啦，告诉你吧，男人在那里工作都难找，就算在加工厂搞到份工作，了不起是个杂工，又累又不来钱。"

军语塞了，阿芬闯出了国门。

阿芬两年多，虽说很辛苦，也算闯出了点名堂。头一年赚了万把块欧元，把女儿冰冰给买了出来，这年又赚够了把老公买出来的钱和女儿报考自治大学的学费。

阿芬约阿兰在朗布拉花市步行街街边酒吧会面，同时又给近半年没见过面的女儿冰冰打了电话，要她一起吃中饭，晚间一起去机场接军。

约摸半个多小时，阿兰来了，两个女人一见便笑扭成一团。阿兰是东北姑娘，个儿高挑皮肤洁白，说起话来快人快语，一见阿芬就嚷起来："我大姐今儿个咋啦，打扮得这各儿性感？是找好了老搭，叫妹子审查审查吧。"

阿芬今天刻意把平时散乱垂落的头发拢成马尾状，在头顶用皮筋砸起来，又插入一支红纱的花，足有大半个巴掌大，在风中抖动，像鲜活的一般。阿芬梳个马尾辫，是想找回过去的感觉。她22岁和军结婚登记时，就梳的这种发型。军说自己喜欢这种梳发，硬是把人给梳年轻十岁，平数不化妆的阿芬，今个儿化了个浓妆，厚厚的底色，填平了眼角的细纹，睫毛翻的粗黑，显得过于夸张，萎缩了的胸部，耸了起来，明白的是加了填充物，玫瑰红的 T 恤，墨蓝的牛仔裤，包出了中年女性尚存的风韵。

听阿兰这么一嚷。阿芬倒难为情起来。她瞪了阿兰一眼，轻声骂道："小蹄子就会嚼舌根。"

穿着西式马甲戴着领结的跑堂，彬彬有礼的送来两杯咖啡，用西班牙轻声的说："美丽的小姐，请！"然后作了个漂亮的手势潇洒地走了。

这是个奇妙的社会，阿芬们仅仅是花了两杯咖啡钱，就得到如此的尊重。简直胜过了戴着眼镜，坐在旁边公众休闲椅子上看书的退休大学教授。

阿芬浅酌一口咖啡，心情好极了，用那对杏眼望着阿兰问："你那位搭挡还好吗？"

阿兰答道："甭提那王八犊子，睡我的吃我的花我的，国内老婆来几个电话就吓蹿了！"说罢便气嘟嘟地闷在那里。

　　阿芬却举目望去，满街是欢快的人群。这是举世闻名的花市大街，街道两边布满了饭店与礼品店。精明的印度人，不知用什么手段，几乎占有了这流着黄金的街边所有的店面，里面却卖着当地与中国的工艺品，及应有尽有的电子电器商品，其知名品牌之多实在是既令人眼花瞭乱，又让人难辩真假。唯独在街的靠海一端，居然闪出一对红灯笼来，这是上海籍华人开的中国饭店。走下街垣便是上下汽车道，两条车道夹出了人流不息，昼夜喧嚣的步行街。

　　一对法兰西情侣，一边行走一边亲吻。一不小心撞在戴着礼帽，左手腕这夫人，右手提着拐杖的英国绅士身上。法国人淡兰色的眼睛不住地说"对不起"，而绅士冷漠的脸上却露出高傲的笑，好像在回答："对不起，我们挡住了你的道。"

　　几个吉仆赛女人圆了场子，疯狂而高昂的跳着弗劻明戈，边上却是一个高挑精受的中年男子，穿着中世纪礼服，在一块一米见方的木板上，跳起了踢蹋舞，一对皮靴，却踏出了万马奔腾的气势。一对男女中学生，穿着旱冰鞋，手牵手像蛇般的穿梭在人群之中，不明国籍的海员们，仨仨俩俩的在街边与招摇过市的妓女打情骂俏。摘掉高帽子的男女小丑，连圆圆的橡胶鼻头都来不及拿下，便摇晃收钱袋，紧紧地拥吻在一起……

　　阿兰突然说话了："你看老外，不管有钱没钱，不管明天如何，总是快快乐乐的。哪像我们中国人，走到天边也不快活，操老公的心，操儿女的心，甚至连孙子找媳妇都得想到……我说大姐，你也真该为自个儿想想，为自个儿活活了。"

　　阿芬诡迷一笑说道："你呀，操好自己的心吧，别整天换搭铺，定一个长期的也有个照顾……"

　　阿兰一撅嘴嘟噜道："你能，你找个给我看看。"

阿芬回道：“我找好了，今就是请你帮看看行不行的。”

“在哪？”阿兰急不可待地问。

“晚上 9 点到巴塞，你姐夫。”

阿兰跳了起来，在阿芬背上打了一拳，大声嚷道：“难怪呀，你今个儿打扮成了个骚包。”

【三】

女儿冰冰来了，虽说是都在巴塞罗那，由于在不同的市镇，相隔百十多公里，对于不会开车的群体来说，见上一面也不是容易的事。何况阿芬根本就不愿意女儿看到自己的工作环境，好让她安心学习，她清楚在今天的时代，一个人所拥有的知识，最终会把人分成三六九教的等级，如果自己与军生活在正常的时代，绝对和现在的或更早的年轻人一样，伴随着知识成长，实现每一个青年人应有的理想。所以，当自己用血泪掏得第一桶金的时候，就把高中毕业的女儿接出来，送进了语言学校强化西语学习。现在女儿正按她的安排，准备报考自治州大学，虽说学费贵了点，但是，她还是给女儿带来了 3000 欧元。

约么下午 3 点，冰冰终于来了。

人们常说女儿多像爸，可冰冰简直就是阿芬的过去。一样的鸭蛋脸，一样的杏儿眼，不同的是女儿身材比妈妈更为高挑，线条更为流畅，杏眼更闪出灵气。

但是，在妈妈眼里，女儿今天有些异样。头发染成了金黄，曲圈地垂向耳际，耳垂吊一对墨绿贝壳半月形饰物，足有小酒杯大。而晶

125

莹的耳环，却戴在眼皮上，鼻翼上，菊红弹力圆领衫，开口很低，裸露着白玉般修长的脖子。下摆却很短。亮出一圈光滑的小腹，肚剂眼上，居然也挂着闪亮的金属环。

阿芬有些不高兴，对正想撒娇地女儿说："看你……把自己打扮成了怪物。"

"怪吗？"冰冰两手一摊，故意歪着头打量自己"那些男人们都夸我漂亮哩？"

"漂亮个屁，"阿芬骂道，"你现在赶紧把这些乱七八糟的东西给我摘了。"

"妈妈，求求你啦……"女儿从身后摇晃着妈妈的双肩撒娇。

阿芬有些恼怒了，她站起来指着女儿的脸："我说拿掉就得拿掉，没得商量！"

突然在几米外一个留着刺猬头的男青年插嘴道："整个儿的法西斯！"

阿芬警觉起来，盯住男青年耳垂下摇晃的耳环："你是谁？"

"我是谁不重要，重要的是你已经犯法……"男青年答道。

"阿威，"冰冰打断阿威的话，"你不可以这样和我妈妈讲话。"

顺着女儿的话，阿芬理直气壮的接过话碴："我是她妈，我在教育女儿，我想干啥就干啥，就是打她，你管得着吗？"阿威扬扬手中的电话："那我就报警了……"

阿芬跌坐到椅子上，气得双手发抖。阿兰见状，赶快凑上前劝解。过了好一会儿，阿芬才平静下来，她对惶惶不安的女儿问道："他是谁？"

女儿没有回答。

"他到底是谁？语言学校同学？实话说！"阿芬提高了嗓子。

在妈妈的压力下，冰冰吞吞吐吐地回道："阿威是我的老板……"

"你不上学了？"阿芬惊讶地问。

"认识阿威后就停了，饭店里少个收钱的，别人阿威信不过。"

阿芬心里明白了一半，但是，她仍然要说冰冰"你不能听他的……"她从皮包里掏出一叠钱来，"看，妈把你报考自治大学的学费都带来了，不读书是没前途的……"

阿威一脸冷笑："前途？我就只上了个初中，还没毕业，学历比你女儿还低。"说到这里，阿威伸出手指指路边停放的一辆豪华的奔驰说："坐在里面的人，是我的司机，还是大学本科哩。"

阿芬语塞了。

【四】

本来想约女儿吃午饭，然后一起去机场，阿威的出现打乱了计划，只得说好晚上 9 点在机场见面。分手后阿芬依然怒气未消，阿兰却讲了些两代人由于文化背景的差异，带来父子母女冲突的令人啼笑皆非的故事。最后阿芬的结论是：学一回潇洒，女儿不听话，死不死哩？不管了，结论有了气便消了一半，肚子到觉着空荡荡的，阿芬拉上阿兰："走，为自己活一回，找地儿猛搓一顿。"说是说要猛搓一顿，但是选饭店时，却难倒了两个女人。

阿兰说："听说在巴塞罗内塔，有一个虾王餐厅，又好又便宜，50 欧连菜带酒，那海鲜拼盘端上桌，堆得像座山，很是合适。"

阿芬却接嘴道："50欧吃一个拼盘，买回家够吃五顿了。"于是阿兰又提议吃烤肉，可能比海鲜便宜些，阿芬却又说吃了不易消化，最后俩人决定去松鹤楼吃中餐。

松鹤楼座落在巴塞罗那梦丹勒大街的中段，面积不大，装饰却古朴。老板是一对台湾华侨夫妇，老板彬彬有礼满脸是笑，老板娘却十分健谈甚得人缘。更可贵的是老板娘是牛肉世家，把祖辈在台湾经营牛肉面的手艺带到了海外。一道红烧牛腩摆在桌上，你硬是以为老板娘把祖传的琥珀古玩摆进了餐盘。褐色厚重，却又晶莹剔透，软糯香鲜入口即化，难怪那些从海峡俩岸来的达官贵人，富商名流，终日把这不大的饭厅，挤得满满荡荡，热气腾腾的。

阿芬和阿兰挤进松鹤楼落坐，老板娘送来花花绿绿的菜单。

阿兰一口气点了红烧牛腩、香芹爆肚、沙锅红酒闷鱼头、松子豆花，一盘台式炒饭外加法国红酒一瓶，然后仰起脸问道："大姐行不？"

阿芬看着菜，半响没回话。

阿兰却急了："别再舍不得了，今个我请客。"

阿芬却伸手拿回了菜单，对阿兰说道："您别请，晚上和冰冰爸爸一起聚我来请。"说完把杏眼移向老板娘："对不起，来两碗牛腩面。"

两个女人来到巴塞罗那机场，已是7点半了。由于没有身份，工厂老板经常告诫工人们平时少出门，以免遇到警察麻烦。阿芬阿兰虽说都来了两年多了，一出门真摸不清哪是哪儿。正像大多数西文不好的华侨，记地址记不清地名，往往记一个参照物，如果他告诉你，他家在鸽子广场，但当你到了广场还要走上个几条街，才能达到目的地。

阿芬与阿兰花了两个小时，才达到一般人半小时就能达到的目的地。虽说换地铁线换懵了头，但是，终究是赶到了。

巴塞罗那国际机场是宽大而明亮的，巨大的显示屏闪烁不停地彩灯，哗哗翻滚发布的飞机起落的信息，告诉人们自己的繁忙。这真是整个世界的缩影，高大魁梧的北欧人，用淡绿色的眼睛，在屏幕上寻找舒适价廉的旅店，浪漫的法兰西女子，给朝她挤眼的意大利男人抛一个飞吻，冷峻严肃的德国人，步履匆匆的美国人，席地而坐全神贯注看书的日本人，拖儿带女推着巨大皮箱，拎着大包行李的中国人，还有打着口哨的非洲黑人，用布缠着头的印度男人，纱巾围住半张脸的阿拉伯女人……金融大亨与流浪汉，石油家与妓女，将军与政客，外交官与大学教授，警察与小偷，特工人员与恐怖份子……高贵卑贱，善良与丑恶，全隐藏了本来的面目，融合在一起，在这大厅里或匆匆忙忙或休闲等待。

阿芬阿兰与赶来的女儿，也挤在这等候的人群中。像一切等候亲人的人一样，阿芬显得有些焦急，不住的看墙壁上巨大的报时器，来回的把身体的重心，移向左脚，然后又移了回来。

她如此焦急而渴望地等待着军，还有过一次。记得那是 1976 年的冬天，她进了服装厂当上了"工人阶级"大约一年后，她突然接到男友军一个电话，说自己也批准回城了。4 月 15 日下午 6 点半钟可到山海关火车站，希望阿芬能到车站见一面，自己要换车去北京。

当阿芬气揣吁吁地赶到车站时，从沈阳开往山海关的火车，正像一条受伤的巨蟒，喷着浓浓的黑烟与乳白色水气，慢吞吞地爬进车站，发出咣铛一声金属撞击巨大的声响，一动也不动地瘫软的铁道上。

军和俩个青年跳下火车，显得异常慌张，在一个昏暗的角落，军告诉阿芬，自己与同伴正在逃亡。原因是他们在清明节那天，跑到省城广场上给去世的周恩来总理献花圈，军说这一走不知何时回来，要阿芬经常抽空上他家看看他爸妈。

　　阿芬泪流满面地望着南下的列车，从此军两年多杳无音信。直到1979 年秋天，军突然回到家，人们才知道那年他们三人根本就没有离开山海关，而是一上车便被公安逮个正着，就地投进了监狱。然而，军必然回城了。从 16 岁下乡，历经 7 年的风雨后，带着说不清是荣誉或耻辱的平反材料回城了。军像所有同代人一样，把自己应在中学与大学求知的宝贵岁月献给了社会。而当历史发现自己的错误进行纠正时，却给中国社会留下一个巨大而可怕的知识断层，也把整整一代人推向人生的最底层……

　　当海关出口的厚重浅灰色玻璃，向两边自动闪开那一瞬间，女儿冰冰叫了起来："爸……"阿芬的心扑扑地跳起来，玻璃门随着旅客的通行，时而张开，时而关闭。阿芬只能在门张开时才能看到丈夫的高大身影，丈夫军正推着行李车，缓缓地向出口走来。

　　冰冰看到爸爸行李车上堆积如山的大小包裹，高兴的直跳脚："妈，爸肯定给我带来好多好吃的东西，象绥中的白梨，凤城的苹果，北京的果脯……"浅灰色玻璃门合上了，也关闭了冰冰的谗嘴。

　　等浅灰色的玻璃门再次打开时，军已推着手推车在离出口的两三公尺处，正对着出口的中央。由于扫描眼正对着他，门缩进了两边没有关闭，只是来回地抖动，军也看到了妻子和女儿，朝她们笑着，好像有些羞涩。

　　突然，两个穿绿色制服的军警，拦住了军的去路。阿芬隐约听军警说好像要检查行李，门却在这时又关闭了。当门再次打开时，阿芬看到军警押解军向里面走去。儿高叫着："爸，爸爸……"阿芬却慌乱的向刚通关的旅客打听，人家说"抓到三个用假签证入境的中国人。"阿芬听罢眼睛一黑，昏倒在阿兰的怀里……

　　现在阿芬又回到了工场，又昼夜忙碌在缝纫机旁，听那"咔咔咔"

单调声音。更不爱梳理头发，任其蓬松零乱着，嘴里常叨叨："怎么会这样，怎么会这样。"使人联想起鲁迅笔下的祥林嫂，而有些呆痴的杏眼，却经常透过地下室昏暗的灯光与浓重污秽的空气，向通风口呆戴地望着，似乎在盼望射进一片金光灿烂的阳光……

摆地摊的小女孩

事情已经过去了十五年，我怎么也不能忘记那一个至今仍然震撼着我的场景。

那是上个世纪末期，一个初春的星期日，我因事早早的来到巴塞罗那的奥林匹克港口。据说早年是地中海边的一个小小的渔港，通过多年的建设，它已是一个著名而繁华的旅游景区。港内停泊着一望无际的大大小小的游艇，港外地中海中经常停泊着像一个楼群般的巨型油轮，岸上则是各式各样的饭店、舞厅等娱乐场所。在饭店和海港之间有一个极其开阔的步行带，不少的游人在这里观看永远是一样湛蓝的海水和天空。再往东北延伸，步行带下边却是白色的沙滩，各式各样的人群在这里享受着阳光与海水。

于是这个港口成了巴塞罗那最重要的观光场所，其人流量之高可以用中国的一句成语"摩肩接踵"来形容，所以这块步行地带也成了各国小贩争夺的商业阵地。

这一天我早上九点便来到了这里，整个海港还显得有些冷清，大概是游人们还在床上恢复头一天的疲劳。这是一个初春还寒的清晨，从海上微微刮过来的凉风依旧带着寒意，尽管天海之间已经把耀眼的金光洒在了海平线上。

我突然发现在步行带入口的地方有三个中国小孩，他们三个人都叉着腿，手拉着手平举，像三个大字连在一起。三个人都穿着戴有防风帽的宽大衣服，他们的脸全都罩在防风帽下，宽大的衣袖从腋窝边垂下来，远远看去像是三只手拉手的黑色蝙蝠。通过他们的谈话，我判断他是中国的孩子，我好奇的走进了他们。

在女孩儿的风帽下我看到一张清秀的脸，大约十一二岁模样脸上有些污秽，紧闭着的嘴唇透露着刚毅，好像在执行什么任务。那两个小男孩的风帽下，鼻子却挂着鼻涕，显然是受了凉，可是两个嘴唇同样紧闭着。

三个大字在寒风中一动也不动，我好奇的走过去，用普通话问他们。大女孩翻了一下眼睛，我感觉到三双眼睛均充满着不信任和敌意。大约僵持了近十分钟，一对三十多岁的男女各背一个包袱走了过来，一看就是中国偏远山区里走出来的农民。他们观察了一下四周，然后走近三个孩子。此时三个孩子已经让出了他们所占据的地面，那一男一女分别打开了包袱铺在地上。女孩儿像战士撤岗了一样对大人说道："爸妈，我们去吃早点了！"

女人在地上有序的摆着各式各样的衣服，男的却在地上摆着太阳镜、皮包等物品。奇怪的是摊在地上的布的四角都拴有小指头粗的绳子，我便上前去好奇的和他们搭讪："你们为什么要在包袱皮的四角拴上绳子？"男的没有理会我，女的却弯着腰一边折叠衣服，一边抽空回答我："跑警察呗！"后来她觉得我似乎还没有听懂，继续说："一听到警察来了的信号，一拉绳子就把绳子拉起来背上就跑，免得商品被没收。"

　　约莫半个小时的光景，三个孩子回来了，嘴边上还留有食物的残渣，大女儿把两个面包夹肉片分别递给爸爸妈妈。爸爸接过食物后便带着两个小男孩走了，钻进了停在几十米以外的一辆简陋而破旧的汽车。

　　女人却在身边自言自语的叨叨："光靠摆地摊养不活三个孩子，我和女儿阿芬负责照看地摊，他爸还要到一个建筑工地上班，晚上再来接我们！"大概这女人感觉到了我的善意，便跟我聊起天来。她告诉我："我们是浙江青田山里面的一对夫妇，刚来到西班牙不久，因为还没有合法身份。很多人都不敢用我们这样的黑工，只好到地摊上来找口饭吃，反正倒比打工自由些！"我问她："你孩子那么小，为什么不读书？"这女人叹了一口长气说："唉！没条件嘛！不过话又说回来，读书有啥用？我们青田的孩子十二三岁就开始帮工学做生意，十七八岁就开始当老板了，我表姐的女儿才二十岁就开了一家大饭店，好多读书的留学生还给她打工嗬！"

　　突然我们听见阿芬和人吵架的声音，来这里不到一年时间的阿芬竟用流利的西班牙语吵架。和阿芬吵架的是一个吉普赛女郎，这个姑娘三十出头，浓眉大眼，咖啡色的皮肤油亮油亮的，带着两只大耳环，耳环是两个压制而成的金色薄片，足有红酒杯口那么大，身材很胖。她和阿芬争吵着，夹杂着反应过度的手势，两只耳环甩来甩去。她一边骂一边将阿芬置放皮包的布往一边推，还说阿芬占据的地方太大，她摆不下摊位了。

　　这个城市有一个法律：城市各地区由政府规划处一片土地，让流动摊贩们持证上岗，一般没有证件是不容许在那里摆摊，但也总会划出一块地方让那些无证的摊贩临时设摊。因此这些地方经常就成为摊主必争的战场，谁早到谁就拥有使用权。

　　阿芬见吉普赛女郎把自己的摊位掀的乱七八糟，便伸出胳膊和双手想去阻挡这位吉普赛女郎，这位女郎却一掌把阿芬推出一米多，一个趔趄倒在了地上。阿芬爬起身来猛地像小狮子般的扑向吉普赛女人，一头正撞在吉普赛女郎硕大的乳房上。吉普赛女用力把胸一挺，阿芬一个又跟跄又摔出去两米。

这时我和阿芬的妈妈赶紧跑了过去。妈妈扶起了自己的女儿，我则去和吉普赛女郎交涉。看热闹的人越来越多，大家七嘴八舌的指责这位吉普赛女郎不应该欺负小孩子，有人甚至掀翻了吉普赛女人占据的阿芬的摊位，重新摆上了阿芬家的物品。

这时我看见有一个四十来岁的中国男子，弯腰在收拾吉普赛女郎地摊上的头巾和胸花，显然这位男子和这个吉普赛女郎是合伙人。这个男人的出现使阿芬的母亲神色有些紧张，但那个男子消失以后大家相安无事的恢复了平静，各做各的生意。但从阿芬母亲不停四处观望的神色中我看出了她的紧张。

一会儿她对阿芬说："阿芬，今天不做生意了，咱们走吧！"阿芬莫名其妙的瞪着妈妈，问："为什么呀！？是不是你怕她呀？"阿芬说着努努嘴指了指旁边的吉普赛女郎，妈妈却没理会女儿，依然紧张的环顾四周，像是自言自语又像是在自言自语："惹不起躲得起，我们没居留，没居留警察是要抓的。"

现在我才知道地摊女一家是黑户，阿芬的妈妈又在我耳边嘟囔起来："出国时欠人家几十万，如果被警察抓了送回中国，那逼债的都会要了我们的命！"阿芬不知什么时候已经掀开了风帽，原来她还有一双如此明亮的眼睛，脸上的污秽放在这样一张漂亮的脸蛋上显得有些滑稽，我忍不住笑了起来。

阿芬用袖头擦擦脸，瞟了我一眼说道："你肯定不是好人！人家遇到麻烦你还笑。"我感觉到了阿芬的敌意，伸出手去想摸摸这个一米三几的女孩儿的头发，没想到阿芬一挥手挡开我的手："别碰我！"

突然，我看见二十米以外出现了一个警察的身影，而刚才那个陌生的中国男子在他身后一晃便不见了，这个情景仿佛阿芬也看到了，她大喊一声："警察！赶快收拾商品。"便慌慌张张的收拢绳索，当阿芬妈妈将两个包袱收拢的一瞬间，警察突然出现在阿芬的面前，对阿芬的母亲说："太太！请出示你的居留证。"

空气一下子凝聚起来，我脑子里一片空白，担心着阿芬母女的命运。突然，阿芬用她那尖厉幼嫩的嗓音喊叫着："妈！快跑！"说完自己却一把抱住了警察的大腿。阿芬的母亲条件反射似得也顾不得孩子了，拽着包袱就疯狂逃跑了。

被阿芬紧抱住大腿的警察，遭到着突然的袭击一时没了主意，他拼命想摆脱小孩的纠缠去追逃跑的女人，而他越是挣扎女孩儿越是抱的紧，而且大喊："妈！快跑、快跑！"西班牙法律规定：当警察遇到袭击时，是可以对袭击者采取任何措施的。但面对一个未成年的中国小孩和那么多的围观群众，他无法动用任何暴力，只好拿起对讲机像同伴求助。

当一辆及时的警车在五十米开外处停下来，阿芬估计妈妈已经跑出很远了，她放开了双手沿着妈妈逃跑的道路追过去。我突然感觉到阿芬潜在危险的存在，因为那两个停车的警察正在向这边跑来。我也顾不得那么许多，抓着阿芬的手拉着她奔跑起来。阿芬毕竟年纪小跑得很慢，我爽性一把把阿芬抱了起来，没料我一边跑阿芬却用拳头一边打我的背，还一边说着："放下我！放下我你这个坏人！"我任阿芬在我的怀里一边捶打一边叫骂，一口气跑出了二三十米，把她塞进了我停在了路边的车里，发动了汽车。

我也不知道开到了哪里，路上小阿芬一直叫嚷着找妈妈，我估计警察已经被我甩掉，便在一个路边停下来。我问阿芬："你们家在哪住？也许回到家里可以找到你妈妈。"当阿芬告诉我她家的地址后，我知道这是一个离这里很近的一个老社区，由于房价便宜多以多半住的都是移民。当我按照道路钻入这个胡同时已经是半小时后的事了，远远的看见阿芬的妈妈正在家楼下四处张望着。

我停下了车，拉着阿芬的小手向她妈妈走过去，她的妈妈也快步走向我们。我高兴的看见母女俩平安的拥抱在一起，阿芬的妈妈对阿芬说："还不快谢谢叔叔！"阿芬仰起脸："叔叔，我还不知道你是什么人呢！"我回答道："肯定不是个好人！"阿芬不好意思的笑了，笑的很灿烂，说："你是个好人！一个中国人……"

孔二己逸事

鲁迅先生曾经把他的朋友孔乙己介绍给国人，那么这个孔二己是不是孔乙己的弟弟或本家，便无处考证了。反正大家都这么叫，我也只好这么叫了。

我认识孔二己先生，是在法兰克夫飞往巴塞罗那的飞机上，我们正好是临座。由于旅途的疲劳，我一直在打盹，但在迷迷糊糊的状态中，仿佛听见临座嘴里不停的嘟囔着："真没劲，啥素质！"这种断断续续的嘟囔声，突变成厉声的吼叫："你这人啥素质！"才把我惊醒过来。

我盯眼临座，此人小 50 岁摸样，高挑身材，长方脸盘，一双浓浓的眉毛，却盖着一对 V 形眼，稀薄的头发从左拉向右边，盖住了已经秃了的头顶，他左手插在腰间，右手指着一对中国男女，张开宽阔的嘴喊叫着。

这对男女虽说穿着时髦，但依旧掩饰不了身上散发出来的乡土气息。面对这呵斥声，这对男女陪着笑脸不停的道着歉。

我看见高大的空姐用蔚蓝色的眼睛扫向我们，我赶快把临座拉来坐下，却见他鼓起眼，低着头不停的嘟囔着："没层次，啥素质……"

在 2 个小时的飞行中，我们几乎成了朋友。他告诉我他叫孔二己，这次是来西进行商务考察的，计划以西班牙为基地，把中国的商品打进欧盟。听他这么讲，我肃然起净，恭维的讲："你老兄是干大事业的人，将来有了机会提拔提拔兄弟。"

孔二己嘿嘿一笑，掏出一个红色小本来，在我眼前一晃说："不是吹的，你知道这是啥吗？这是关系网，全是美金。"

他指着一两个通讯录告诉我，这个是前国家副总理的儿子，那个是前政治局委员的女儿，然后"啪"地一声合上了小本，用食指和中指夹着在空中一晃，就装进了西装口袋。

"那么你？"他用眼逼视着我问到。

我嘿嘿的傻笑了几声，指着机舱内几十个男女说，我和他们一样，在国内混不下去，到海外混口饭吃。

我看到孔二己的 V 形眼里，飞快的掠过一丝鄙视的神情，我赶快知趣的扭过头去，闭上了眼睛，在心里想到，他现在肯定在心里骂到："真没劲，啥素质！"

第二次见到孔二己，是在半年以后，巴塞罗那 X 小街，有一家名叫"中国花"园的中餐馆，当时我在那里做跑堂，我的老板名叫阿昌，其妻阿珍，浙江秦天县石头村人氏，虽说旅居西国五年有余，然而依旧朴实无华，仿佛是一块没打磨的秦天石。夫妻相依为命，男内女外，虽说发不了大财，但小日子过得满红火。

这天，阿昌正着手打烊，突然间撞进一个人来。此人，高挑身材，浓眉下盖着一双 V 形眼。稀薄的头发，从左向右梳去，盖住头皮。我一见他那宽阔的嘴，在心里叫起来："这不是孔二己么？"

　　"先生，您……"老板阿昌望着来人腥红的领带："你吃饭，不过晚上没客饭……"

　　"老板，看您说的，你瞧不起人，谁说要客饭啦！"V眼鼓起来。他把皮夹往桌子上一仍："拿菜单来，我今天请洋妞哩。"

　　阿珍听到来人是请洋妞，笑骂道："我那口子就是死板，好像中国人只能吃客饭的，也不看看，这老板像是吃客饭的么？"阿珍给V眼斟一杯红酒："老板贵姓，你是哪儿的？"

　　V形眼一怔，应到："免贵姓孔，名二己。"他看着阿昌那憨厚的笑脸："这个孔啊跟你说你也不明白，知道吗？就是那个孔老二的孔，孔子的孔，孔丘的孔。"

　　他摸了摸自己的脸，我是说是中国古代的大圣人孔子的孔，孔二己飘然起来，仿佛自己的血统也有点高贵。

　　阿昌也肃然起来："好像我们浙江莫庄有个孔乙己，和我们秦天人是浙江老乡哩？"

　　"秦天人，老乡？"孔二己燃起一支烟，拇指与食指夹着，小指向上翘起，构成一朵兰花摸样："秦天人吸烟是这样么？"孔二己把兰花在阿昌眼前一晃："有这种素质吗？不过又说回来，您们秦天的头面人物，"孔二己把西班牙的秦天侨领数了一遍："哪个不争着请我吃饭，我去他很有面子哩。"

　　孔二己说着，夹了一头阿珍不知何时摆上的一盘椒盐虾，放在嘴哩"啵啵"咬着："我虽说也出身末庄，别以为我只有小D之类的朋友。多年闯荡京城，"孔二己掏出一个小本来，翻开一页说："认得吗？他是谁？还有这个，这个，说出来吓死你……嘻嘻。"孔二己把本"啵"的一声合上："这关系网，全是美金哩。"

　　阿珍飞也似的从厨房出来，又添上两个盘子，接过话茬："孔先生是做大生意，那像我们这老土，只知一盘一盘的炒，炒了十年了，也没炒出个名堂来，到把儿子学业给慌废了。"

　　阿珍说着眼圈红了起来："孔老板，你是开啥大公司的，也教教我们这位老土。"

　　孔二己夹一片牛百叶，慢吞吞的嚼着："不瞒两位说：在北京混时候，一千万以下的生意免谈。"

　　孔二己掏出一张名片来："看你二位蛮有诚意，这名片给您了。"

　　阿昌恭恭敬敬接过名片，只见上面印着：中国末庄驻欧首席，全欧对华投资集团公司，欧美华人华侨总会首席，环球经济论坛列席代表等等二十几个头衔。

　　想来老老实实阿昌，在家一个村长就是官了，那里见过这多的头衔，喃喃的自语道："厉害厉害……"即而突地提高嗓子叫："老婆，开人头马来。"

　　孔二己与阿昌，一杯一杯地喝着人头马，一边对阿昌侃个不停。

　　借几分酒意，孔二己摇摇晃晃站起来，把盛着淡黄色液体的大肚杯，在阿昌鼻尖前晃荡着："告诉……你，想发大财，炒锅炒不来钞票的，要，要一千万以下买卖不做，他妈的，靠啥，关…关系！"

　　孔二己的 V 形眼，笑成 U 字形："为了搞关系，我还跟国内一个大人物，多大？咳咳……反正是个你想都想不到的大人物，他姨妈的表侄的闺女，你别说她傻，她只是眼斜嘴歪流憨水而已，我还跟她睡过觉哩。嘻嘻……"

　　孔二己有些醉了，眼皮下塌成 A 字形："那女人虽说那个了点，到还是个女人嘿嘿……"

正说着，猛地门外拥进十几个男女来，个个西装笔挺，气度不凡。

孔二己吃了一惊，酒也醒了许多，忙迎过去："欢迎欢迎，请！"他严然似主人般地招呼大家就坐，又叫阿珍上了些酒菜，约摸个多小时，孔二己站起来，大声说道："今天饭店请了，请了。"说罢，一仰头，把半杯人头马，倒进口里。

孔二己似醉非醉地晃到阿昌面前，说："把我的名片给我。"

阿昌茫然的把孔二己方才给他的名片掏出递给他。

孔二己接过名片，在名片上写了些字，又还给了阿昌。

阿昌一看，原来，孔二己在名片上又加上了一行字：中国天山集团驻欧代表。孔二己拉着我，恭恭敬敬送走了这 10 几个男女。

他右手握着我的手，左手答在我的肩上，来回的搓揉着，一对朦胧的醉眼望着我没讲一句话，但我听见他心里在说："你小子没素质。"

我们回到了餐厅，却看见老板娘红着眼圈一个劲的嘟囔着，用围腰擦拭着手上油污的阿昌："你看人家孔先生，才是干大事业的人，我怎么就跟了你，没素质……"

这一分手，10 年过去了，我再也没有见到过孔二己，只是断断续续的听到了他一些故事，有的说孔二己利用自己的关系网搭上了巴塞罗那巨商，自己也发了，居然娶了一个副省长的女儿回来当太太。

有的人说，孔二己吹是吹，倒也是热心的帮助了不少人。比如在街上遇上一个问路的中国女姓，他总会热情地把人家送到目的地，尽管经常他也不知到路该如何走，当然少不了要人家请吃一顿饭。他尤其喜欢大包大揽答应替别人办事，如找工作，找住房一类的忙，然而喝了人家咖啡后兑不了现。

而自己却不停的替人们帮办点杂事，向他们弄点零钱来花。打工也是打几天便换个地，总是骂老板心黑，被他抄了鱿鱼。

他找工作的本领是大的，见到新主人第一件事，便是掏出那个红色小本本一晃，裂开宽阔的厚嘴唇，嘿嘿地笑道："老板你听我说，你想把生意做大，最好和我联手，这里关系网，全是美金哩……"

倒也听说居然有一两个老板信了他的话，跟他回中国转了几圈，企图靠他的关系，点无本大生意，但都陪了夫人又折兵。

慢慢人们也习惯于他，相熟的人，只要看他掏出小红本本，便调侃的讥笑道："你饶了我吧，我知道，这里关系网，全是美金哩。"

直堵得他在喉头嘟哝："没素质……"

最后一次看见孔二己，是在巴塞罗那省一个临海小镇。我在离海滩不远的地方，开了一个中餐馆。我在厨房炒菜，我太太在外面做跑堂，女儿放了学也到餐厅来帮个手，虽说发不了大财，小日子过的还蛮不错。

一个冬天的晚上，好像是中国传统节日春节的前几天。我送走最后一拨客人，已是第二天凌晨两点多了，太太刚把收款箱的钱塞进皮包，从门外闯进一个人来这人，一进门便把铁闸拉了下来，惊得我太太与女儿直叫打劫。

我拎了把剔骨刀，便从厨房冲出。却发现是孔二己先生，孔二己习惯从左拉向右边的头发，现在散落在左脸，露出了顶部的秃头及右边惊慌失措的脸，他右手使劲的捂住右大腿上部，鲜红的血臼臼地顺着手指滴淌着。

我急忙把铁门锁上，关掉大厅的所有灯，把孔二己拉进厨房，又招呼刚从惊恐中缓过劲的太太拿来急救箱。我们七手八脚的包扎好他的刀伤，关心的问他发生了什么事？

孔二己并不答话，一瘸一瘸地进入厕所。等他再出来时，左边的头发，又跨越头顶，梳向了右边。再问他时，他只英雄般的裂开大嘴一笑，回道："一群没素质的家伙。"

这晚我又开了酒，硬着头皮听他讲述关系网与生意经。只是多了一个事例，他如何利用关系，成功地带出来 30 多个人。

到天露出鱼肚白时，孔二己要告辞了。他慷慨的扔下 500 欧元，说既是饭费又是感谢费。然后一瘸一瘸地，英雄般的离去。

这一走，没想到竟是抉别。只听人说，那晚上出的事，竟是因为他在带人后黑了同伙的钱。虽然那晚他躲过一劫，但在大年三十，孔二己却满身是血的爬在海滩一块礁石上，头浸在海水里，被水泡得涨大了许多，又被鱼虾叮出了许多孔，像个大蜂窝，右臂却硬梆梆伸在水外，搭黑色的礁石上，手中还紧紧抓住那个红色的小本本………

宣传部长朱斌

朱斌是浙东一个山城小县的县委宣传部长，文革期间他从一个村的民办小学老师抽调到县革委通讯处工作。那是一个意识形态决定一切的时代，这个个子不高，皮肤黝黑的二十多岁年轻人，在县革委通讯处发现了一个升官的秘密：不管在任何情况下，必须强调一元化领导，反对多元论，就是晋升的秘诀。

所谓一元化领导，就是强调第一把手说了算，因此历来的一把手都把他当成了忠实可靠的干部使用。文革一开始，一把手说"革命造反好"，他就说"革命造反好"；一把手说"横扫一切牛鬼蛇神"，他就横扫一切牛鬼蛇神；一把手说"批邓反击右倾翻案风"，他就跟着喊；一把手说"粉碎四人帮"，他就说粉碎四人帮好；邓小平成了设计师，他就连声说"小平你好，小平你好！"他已经忘记了他曾大声的呼喊"批邓反清翻案风"。这个官场诀窍一直使他升到了县委宣传部长。当了县委宣传部长，他已经四十多岁了。他常常摸着自己微微发福的小腹，对人说道："世界归根结底是你们的！"

现在部长朱斌已经来到这个叫西班牙的伊比利亚半岛，他能来到这个半岛是因为他在国内从政的二十年间，也帮助过不少人办事，尽管并非都是无偿的。山里人最讲义气，改革开放后这个贫困的山中小县，沿革了历史的习惯，掀起了移民潮。短短几年的时间，便有三五十万人群移民到了欧洲。这个一贯对海外关系高度警惕的宣传部长，也看到了过去的臣民把大把大把的欧元送回了家乡，于是在感到自己仕途无望的时候，也决定辞官下海。他知道中国是官本位社会，中国老百姓是怕官的，即便是到了海外他自信自己依然有强大的话语权。他在县里一次接待从欧洲回来的本县籍侨领们，借着三分酒意时，歪着头对侨领们说："兄弟，我离职以后去给你们打工吧！"

心领神会的兄弟们三下五除二便把这位部长大人接到了西班牙（因为是部长，不便说偷渡）。依然是这帮兄弟们，依然三下五除二集资给他办了一个二百平方的百元店（即小百货市场），嫣然做起老板来。做这样一个老板，虽然一个月能有个万把欧元的纯收入进账，几个月后居然也就付了首期，置办了房还买了一辆二手奔驰。怎么样也比过去当个七品芝麻官来的实惠，但是他必然是部长，尤其是做宣传的部长，一日不动脑、一日不张嘴，尤其是不张嘴说出些指令性的语言就感到浑身别扭。

于是他在店里做个规定，对老婆和四个工人说道："这个店我是老板，老板是什么？就是一把手！一把手是什么？就是说了算的人。我们这里要搞一元化领导，不能搞多元化，也就是说我说了算，就像当年在我们县委班子常委会上，书记说了算，在宣传口我说了算一样。这就叫一元化！"他几乎每个礼拜都要开一次连他在内的六个人的大会来强调一元化领导。但是慢慢的他感到寂寞起来，因为他发现他没有什么人可以领导的，何况每次讲了话也没有像过去那样数百人一起鼓掌。后来，他打听到了，原来华人之中还有各种协会。比如说以行业划分的中餐协会、百元店协会、服装协会、鞋业协会等，也还有以籍贯划分的河南省同乡会、北京市同乡会、丽水市同乡会等等。既然有社会组织，就会有我这个宣传部长的用处。

他要出山了，想弄个侨领干干。

侨领，华侨领袖也。搞好了，声威可远远超过一个县委的宣传部长。当前的侨务运动已经突破了一个所在城市和所在国家，而且实现了欧洲甚至全球的大联合。比如欧洲社团华人联合会、欧洲中国和平统一促进会，这些会已经成了庞大的国际性的华人组织。而这些会的首领回到了北京，几乎全是国家部委的重要嘉宾，甚至有机会和国家最高领导人握手合影。意识形态工作的经历使他懂得只要用思想的逻辑去征服群众，那就是群众英雄，自然就会作为群众的领袖。他欣喜的发现当时他帮助了一位叫马飞的朋友当兵入伍，而现在这个马飞居然是这个大区的社团联合总会的会长。他便向马飞提出要加入社团联合会。海外的各种社团原则上是没有政府资助的，所有活动的经费都是会员们缴纳的会费，但缴纳会费也按他愿意在这个会里所扮演的角色和位置缴纳金额是不等的。如果一般的会员一年缴纳 100 欧元的话，那么该会的一把手就可能要交到两万欧元才能出任。对于这个规矩部长内心是愤愤不平的，当官从来是收钱，怎么这里却要交钱呢？但是他又想也许这是进入圈子的入场费吧，因此他缴纳了一百欧成了会员。

每年九月各社团都要召开会议筹备春节晚会，讨论春节联欢会的活动安排。令他欣慰的是，会长马飞考虑到他曾经当过宣传部长，自然在举办春节晚会方面是有经验的，因此破例请他以顾问的身份参加这次会长峰会，同时特别嘱咐他拿出指导性的意见来。他认为要扩大自己在这个协会的影响，从会员变成理事、变成常务理事、变成副会长乃至会长，必须要取得一把手马飞的认可。于是他使出了杀手锏。没想到这个会，整整开了三个晚上，每个晚上都能争吵到夜里两三点。

社团联合总会是由各个社团联合组成的，马飞自然是总会的一把手，可是在讨论由哪一个会主办的时候大家争的面红耳赤。马飞提出了四五个方案都被否决，三天的会议一直没有形成决议。

朱斌自感位卑言轻不便多说，只是到最后一个争吵的晚上，他一拍桌子站了起来。尽管联合总会是由十几个不同的社团组成，但几乎全是这个县城的侨民。一看朱斌发脾气全场顿时肃静起来，必然他曾经是朱部长。

朱斌清了清嗓子，用当年环视大会的神态，环视了三十多位副会长以上的侨领们，说道："这三个晚上的会议，我一直在旁听，这是一个失败的会议、争吵的会议，究其原因它是违反了我们传统的组织原则。"部长有意的停顿了一下，他发现人们面面相觑，仿佛听到了一个穿越时空的声音。

他清理清理嗓音又接着说："我们要强调一元化的领导，提倡一个中心，反对多中心论！在这里我必须强调我们要以马飞会长为中心，大家要遵循的指示去开展工作，这样才能团结起来去争取更大的胜利！"

朱斌说罢偷偷的看了马飞会长一眼，就像当年在全县干部大会上他强调一元化领导，反对多中心论以后偷偷观察县委书记面部表情一样，他发现马飞会长并没有像县委书记那样心领神会的冲他微微一笑，而只是挥挥手示意让他坐下。

朱斌的发言使整个会议陷入了僵局，马会长看看腕上手表，已经凌晨三点便对大家说："今天就这样吧，明天会议继续！"

散会后朱斌尾随着马飞走出了会场，在马飞的耳边不停的叨叨："太不像话了！太不像话了！简直是一群无政府主义！无政府主义是流氓无产阶级的纲领，不是马克思主义的。我们必须反对多中心论，坚持……"他的话被马飞的手势打断，马飞一拍他的肩膀："老哥！太晚了，回去歇着吧！"

"不，会长！我说的是一件大事！"朱斌固执的说："是我们协会是否能健康发展的原则问题，必须要强调一个中心，树立你的权威和领导！"

马飞"嘿嘿"的苦笑两声，把朱斌推进自己的车内："好！我送你回去。"

这天晚上朱斌翻来覆去没有睡着觉，他在分析马飞会长的心里。虽然马飞会长没有像当年县委书记那样对自己微笑和暗示赞许，也许是马飞会长的谦虚，他感觉到马飞会长一定是需要他的，需要他的一个中心论。他暗自下定决心，要在这个组织里面弘扬正气，恢复一元化领导，而且就要在这一场恢复一元化领导的斗争中赢得春节晚会的组织权、树立自己的权威。第二天会议继续讨论春节联欢会的工作，依然争的天昏地暗。然后朱斌站了起来，像当年在常委会上发言那样，礼貌的说了声："马飞会长！"然后环视了四周，说："各位侨领！马飞会长曾对我说要我拿出一个意见来！……"他挺直了腰板，他认为既然马飞让他拿出一个意见，就是想让自己的意见能代表会长的意见，一锤定音而停止这场无休止的争论。

于是他喋喋不休地从本年春季文艺晚会的指导思想、重大意义、方针政策，到组织机构和各位侨领在春晚会中的分工及职务讲了一遍，甚至连演员的组织、节目的思想内容和形式以及经费的预算、经费的来源都做了详细的说明。当他讲完以后，会场爆发了热烈的掌声，马飞会长也微微向他点头微笑。在朱斌看来这微笑就是首肯，出国一年来这是他第一次用他的思维去征服听众赢得了掌声。他坐了下来，不停地用眼神和各路侨领交流并向他们点头示意，他等待着他们对他这个伟大方案的认同。果其不料，下面的人围着他的方案展开了讨论。因为他的计划是完美的，大家的争执仅集中到了谁做春晚的总指挥上，因为总指挥是要上电视的。

朱斌原想，总指挥自然是要由马飞会长担任，而自己这个总策划人顺理成章的就成了晚会领导小组的副总指挥或者秘书长。为了达到他的愿望，在激烈讨论中他不停地强调必须一个中心反对多中心，明确提出总指挥应该是马飞会长。这场争论又拖了两个小时，在夜里两点左右马飞出面做总结了："我建议总指挥由文化交流协会的杨女士担任，各会要在杨女士的带领下积极配合工作，在一片掌声中我们的宣传部长朱斌同志愤而站起身来，他没有想到自己力挺的马飞会长把主导权交给了别人。他看到马会长憨厚的冲大家微笑，他不理解眼前发生的事情，因为在他的生涯中、在他惯性的思维里，怎么可能一把手说了不算？他终于又一次的站了起来，神情十分激动，几乎是在高声的喊道："这是极端的无政府主义，是对机会主义的妥协！我坚决支持马飞会长出任总指挥！"

说罢朱斌一扭身，整理了一下自己的衣衫，迈着稳健的方步，以胜利者的姿态向门外走去……

抄糖豆的堂吉诃德

我认识他是在巴塞罗那的东北方向五十公里处，有一个叫卡里亚（CALELLA）的小镇。这是 1996 年的深秋，游人如鲫的地中海边，已随着夏日的过去呈现出清冷的寂寞，在小镇古老而朴实的淡褐色天主教堂边，我认识了他，他高条瘦削的身材，加上长条形脸上深陷的眼睛，和一小戳向上翘着山羊胡髯，我更相信他就是挺着长矛戳风车的堂吉诃德。但他此刻手中没有长矛，而是一支长把锅铲，他眯着灰色的眼，专注的在锅中搅拌着褐色的花生糖豆，四周弥漫着甜甜的香气。为了和他认识，我买了一小包花生糖豆，和他聊起天来。原来这位"堂吉诃德"的真实名字叫胡安·卡洛，与当代国王同名。

这条街是步行街，一个来回 5000 步，我每天都要走一次，当地的朋友戏称我是中国驻镇大使，因此我天天都要见到堂吉诃德，见到他 8 年如一日的哼着快乐的小曲，抄着小小的糖豆，灰色的眼总微笑的望着你，那样自信，那样满足，那样快乐。

一个夏天，我偶然在海边遇见他，他穿着泳裤，裸露着细长骨瘦的四肢，旁边有一辆破旧不堪的汽车，它使我想起堂吉诃德的瘦马。

他见到我快乐的叫起来，小山羊胡一翘一翘的动着。他兴奋的给我介绍比他胖 3 倍的女友，神情依然那样自信，那样满足，那样快乐。

这个夏天后，他突然从淡褐色天主教堂边消失了整整 7 年，街上也自然少了抄糖豆的甜味，慢慢他也就淡出了人们的记忆。

今年夏天，我携带友人到邻近小镇游玩，突然感到抄糖豆的甜味，顺着甜味走进一家小店，小店的案上摆着花生，杏仁，核桃等干果制成的糖豆，一个围围裙的女孩子，笑嘻嘻地迎上来向我们招呼。而在店内抄糖豆的，却正是消失 7 年的堂吉诃德。堂吉诃德像见了老朋友迎上来，我们抱成一团。他告诉我那年夏天后，把在街上抄豆赚的钱，在这里盘下个小店，一晃就几年了。

我突然冒出了一句话："你抄糖豆抄了 15 年，要是中国人早就成了大老板了。"他却耸耸肩指着各色糖豆，小山羊胡一翘一翘地说："我能做什么呢？这就是人生。"说话时的神情，依然那样自信，那样满足，那样快乐。

清晨，娇媚的阳光，在金子铺就的海滩闪耀。蓝色的浪谷，冲出一片欢叫的海鸟。轻纱似的薄雾，环绕着山间的碧绿。碧绿的树丛，把红色的屋顶拥抱。

每年游人如梭，夏季避暑，冬季避寒，更又无数的德国老人，干脆买个房子，赖着不走，硬是要和太阳作伴。

洋妈妈

　　洋妈妈叫宫羌，是西班牙阿德鲁赛亚乡村小镇一栋具有阿拉伯风情的白色建筑里出生的，是一个极其平凡和普通的农村妇女。她个头不高，身材瘦小，头发挽成一个髻贴在后脑勺上，一双粗糙的青筋突起的手，喜欢不停地在粗布围腰上檫来檫去。我是在一个朋友 A 君家认识她的，当朋友指着她介绍给我说，这是来照顾我孩子的保姆。宫羌笑了，额头上满是皱纹，不到五十的她显得比实际年龄大十岁，但她的笑容是憨厚的。A 君是开中餐馆的，因为工作十分忙碌就把对两个孩子的照顾交给了宫羌，于是她把孩子带回了自己的家中。

　　第二次见到宫羌是 A 君夫妇要我陪他们到宫羌家，他们想把四岁的女儿小莉和两岁的儿子华带回身边由自己照顾。把两个孩子接回来，理由是小饭店生意不好，没有能力来支付两个孩子的保姆及膳食住宿费。

　　当我驾着车陪 A 君到达老太太家时，老太太正在她家房后的小庭院里陪孩子们玩耍。为了迎接着两个小客人，老太太把后面的小庭院布置的十分漂亮，给这种简陋的乡村小屋增加了很多光彩。小庭院四壁的围墙上爬满了太阳花，色彩在阳光下似一片燃烧的火焰，三十多平方庭院的地面，全部铺上了青青的草，草上用橡木树木板铺成了几条纵横交错的路。草地上分散着供孩子们玩耍的秋千、摇船和筒型滑滑梯，显然这是宫羌为孩子们精心打造的成长空间。

正在戏耍的四岁和两岁的孩子见爸爸妈妈来了，高兴的拉着爸爸妈妈和自己一块儿荡秋千。孩子的妈妈问小莉："喜欢这里吗？"不料来此仅仅三个多月的孩子居然说出了一口流利的西班牙语，说话的神情还带有西班牙人说话时常见的耸肩及舞动的手势。

当 A 君表达了要接走孩子的意向和原因时，这位快乐的乡村老太太一下子沉默了。孩子们看到自己的洋妈妈突然变得严厉起来，惊恐的瞪着眼睛一会看看宫羌，在一会看看自己的爸爸妈妈，不知道大人间发生了什么事。

A 君一脸的窘相，结结巴巴的对宫羌说道："对不起！宫羌，我们生意不好，没有钱再支付给你。"

妈妈也在一旁嘟囔着这一层意思。

突然，宫羌暴跳起来弯着腰冲 A 君两夫妇大声喊道："NO！NO……"温顺的老太太突然变得像一头疯狂的母豹，接着宫羌便拉着我说着什么，意思好像让我给评个道理。

她告诉我那时候她到 A 君饭馆去吃饭，A 君两个人只顾着忙生意，却把两个小孩关在堆放杂物的小房子里边，正好宫羌上厕所看到这两个坐在地上玩耍，满身都是尘土的小孩。她把两个孩子抱了起来，帮他们拍干净身上的尘土，并将他们带到了自己的餐桌旁边坐下。宫羌几乎没有心思再去吃饭，不停的逗着孩子们玩儿，孩子们不断的发出"咯咯"的笑声，后来 A 君夫妇达成协议，将孩子送到宫羌家让她帮着照顾。

宫羌瞪圆着眼珠子冲 A 君夫妇嚷道："你们还想把孩子关到小仓库里吗？他们也是我的孩子，我要让他们过着真正孩子的生活！"A 君喃喃的说道："对不起宫羌！我们没有钱。"听了这句话宫羌更加愤慨起来，激动的挥舞着双手嚷道："钱！又是钱！我不要钱行吗？我要孩子！"说罢，宫羌似乎觉得自己有些失态，孩子毕竟是中国人的孩子，她的口气缓和了下来，望着 A 君夫妇几乎哀求的说："对不起，我有些失态了！孩子是你们的，但我已经爱上了他们，我求求你们，让我来照顾他们，我不需要你们给什么钱！"我看着 A 君他们眼睛湿润了，最后拥抱和亲吻了孩子，又和宫羌拥抱了一下便离开了。

后来我听 A 君夫妇对我讲，从那时会面后不久，宫羌了解到他们的饭店由于太简陋并且从没做过广告宣传，加以该小镇又有一家中餐馆的开业，所以他们的生意萎缩到几乎支撑不下去。宫羌不知从哪里得知了饭店生意萎缩的原因，一天她来到了饭店，从怀里掏出一个小布包，一层一层打开包裹着的布，从里面抽出一张银行卡来交给 A 君说："这里有两百万比索，你赶快把饭店装修一下，做做广告宣传。这钱是我抵押了我的房子从银行给你贷出来的，你可得好好干，别让我这个老太婆牵着孩子到街上流浪。"说罢便转过身走了。

自从 A 君把自己的中国餐馆装修以后，生意慢慢就恢复了，一直稳定的做了十几年。现在十九岁的小莉和十七岁的小华已经是安达露塞亚自治区首府大学的两名大学生了，为了照顾这两个孩子，宫羌做出了一个惊人的举措，她把小镇上这一栋阿拉伯风情的别墅卖掉，在塞维亚换了一处三室一厅的二手房。当她搬出小别墅时，宫羌唯一的亲身女儿跑回来和母亲大吵大闹。宫羌不是不爱自己的孩子，但是她的女儿在婚后和女婿联合起来掏空了自己父亲的公司，利用父亲对他们的信任把所有的资产转移出去，引发了一场父女之间长期的诉讼官司。致使父亲忧郁而终，也使宫羌失去了丈夫，孤苦无依的住在这个白色的小建筑物里，多少年不来看望自己的母亲，怀着继承产业的企图现在回来了。宫羌没有理会女儿的纠缠，毅然的卖掉了房子搬到了塞维亚给一对中国儿女当伴读。后来 A 君不幸因病去世，孩子们的母亲也回到了中国，只是偶尔到塞维亚去看看两个孩子。失去了父母的两个孩子慢慢改口叫宫羌为"妈咪"，每当孩子们叫妈咪时，宫羌总是一脸幸福的亲切应答。宫羌把这个小家庭打理的十分温馨，所有的木制家具都擦拭的可见到木头的本来色彩，玻璃一层不染，孩子们经常看到妈妈趴在地上擦拭着地板的每一个角落。在宫羌身边长大的两个中国孩子，整个生活习惯完全西化了。宫羌精神的为两个孩子一日三餐的制作着可口的饭菜，她只有一门心思，那就是两个孩子必须努力学习完成自己的大学学业。宫羌十分疼爱两个孩子，但也对孩子们发过很大的脾气。

有一天宫羌在洗衣服的时候，发现了小华衣裤兜里有一粒小丸药不认得是什么，便去问姐姐小莉。小莉也大吃一惊，说这是摇头丸。当天晚上宫羌把两个孩子叫到客厅里，对华诉说自己对得知他沾上摇头丸的惊讶，质问华华这样下去自己怎么向他们的父母交代。两个小时的教训宫羌声泪俱下，使这位倔强的男孩子慢慢的跪在宫羌的面前抱着宫羌的大腿承认了自己的过错。时间就这样流逝，一天又一天，一年又一年。两个孩子分别由建筑工程专业和工程贸易专业毕业，并在首都马德里找到了合适的工作。这年圣诞节莉莉与华华双双回到塞维亚家里过圣诞节，宫羌陪着孩子们过了一个愉快而丰盛的圣诞节。孩子们在临行时宫羌将他们送到了塞维亚机场。华华和莉莉依依不舍的走进了隔离区，才想起妈妈刚才交给自己的一封信。他们匆忙打开信，之间信中写到：

"华华、莉莉，我最亲爱的孩子们。在你们离开塞维亚后我也将离开塞维亚，因为塞维亚的房子早已经不属我了，它已在你们入校不久我就将它卖掉，又从主人手里租了下来，我们三个人就是凭着这一笔钱度过了这四年，你们终于没有辜负我的希望，完成了自己的学业。我将回到我出身的小镇，当然我不是回到我住过的那栋白色的小别墅里，它已经不属于我了。我自己的母亲在山里还有一所住房，虽然狭小和简陋但空气极好，连水都是甜的。我可以在那里种种菜、养养鸡狗，让它们陪伴我。亲爱的孩子们，你们已是我的一部份，希望你们好好工作，有一个美好的前途，多关心你们在中国的母亲，如果有空可以到山里来看看我，实在没空打打电话也行。

妈妈，宫羌"

两个孩子读完了这封信，眼泪"哗"一下夺眶而出，他们扭头跑回隔离区的交界线，大声喊着："妈妈！妈妈！"隔着隔离带望着人流淹没了宫羌瘦小的背影。

局长女儿的嫁妆

1989 年 1 月 2 日

元旦刚过，高董事长便约见我。这位经济学院教授出身的，某进出口公司的驻西首席，伏了伏鼻梁上的宽边镜，对我说："我关注着一个现象，西中两国的贸易中介的钱，都被老外赚去了。像你这样受过完整高等教育的人，应当有所作为哦。"

望着前辈，我惶恐的说："我一直在寻求机会。"

"机会"高董笑了，声音很是响亮："好，年轻人，我给你机会。"

临别，高董还高兴的和我合了影。

1989 年 1 月 15 日

带着高董给的机会，今日登上了飞机，开始我出国八年的第一次回国。这机会，是天上掉下的馅饼，十天来，我夜夜做梦笑。好家伙，4500 万美元的项目：我成了一大型汽车公司，引进西班牙贝喀索重型车底盘生产线的代理。就算仅百分之一的佣金好了……哈哈，我要发啦。

两个多小时后，飞机在波兰华沙机场降落。

华沙气候显然比马德里冷，整个城市都笼罩在淡灰色的冷雾中，灰色的大楼，灰色的街道，灰色的树木，连关口的卫兵的脸，也冻成了灰色，像是一座水泥塑像。

同机的西班牙驻华使馆一女秘书依莎诙谐的说：与波兰的政治气候一样。

大家会心的笑了。

像一切原社会主义国家一样，波兰物质极其缺乏。波币与美金兑换汇率，黑市价格较官价高出许多倍。入关时我们按官价换了一点波币，后来又在街上按黑市价换了一些钱，我们在华沙一天，吃，喝，玩，购物，最后用剩下的波币，在离境时又把入境时兑换的美元全部兑换回来，可怜的华沙人。

1989 年 1 月 17 日

飞机到达北京上空，我从机窗贪婪的俯视大地，我流泪了。

依莎慌乱问：你咋啦？

你不懂：我答道。

1989 年 1 月 18 日

上午 10 点，我在北京饭店会见了高董介绍的人。

来人是高董的大学同学黄君，在中央某部任副局长，同时还兼任 W 市副市长，主抓 W 市的大型汽车改造工作。与他的高董同学比，他更像官，且带有几分商业气息。

黄副局长屁股刚落座，便习惯性的看了看左腕的劳力士："哦，哦，对不起，我马上有个会，就让我女儿先陪你聊聊。"

说罢，一恭手便离了去。我呆呆地望着黄局离去的背影。

"嘻嘻，你还看什么，早没影了哩"女儿大方的伸出手来："来认识认识，我叫黄沁，熟人都叫我沁沁。"

沁沁约摸三十来岁，黑而亮的头发理的很短，像男孩子似的，不同的是有一蓬菊花形的发卷，坠落在额前。

我握着沁沁滑嫩的指尖，自我介绍：我姓赵，叫赵敏……

"赵家饭店的老板，赵氏公司总经理，有良好的背景，生有一女，老婆山东人，还漂亮，但你们天天吵架……"沁沁一口气把我老底全抖了出来。

"你如何知道……"

沁沁一摇头，把黑菊花捽到右侧："我看过那边传来的资料，不过你放心，全是好话。"说到这里，我发现他那黑眼睛闪动着洋洋得意的光。

1989 年 1 月 18 日

沁沁一大早就来了，说她爸还有会，她的任务就是陪我在北京好好玩几天，工作嘛，过了春节再说。

"DESEO PASA BUENO TIANPO EN PEIKIN，"沁沁突然说出了西语，"希望我在北京度过美好的时光。

她会讲西语，一下缩短了我们的距离。

"你会西语？"我惊诧地问道。

"外语学校西语系毕业，工作在工艺美术品公司，为了你的项目，我爸把我借调出来……好啦，出去玩玩，我当向导。"

1989 年 1 月 25 日

沁沁陪我玩了一周，颐和园，北海，十三陵，故宫，秀水街，王府井，该去的地都去了。北京烤鸭，葱爆猪肚，宫廷御善，生猛海鲜，油炸糖糕，该吃的都吃了，我也到痛快。

在与沁沁接触的几天里，感觉她性格开朗，思想前卫。虽说与巩利比，不算漂亮，但摔动黑菊花时，也有几分撩动男人的妩媚。然而有几个问题我是纳闷的。

一是纳闷黄局长为何一直开会，共产党会多嘛。

二是沁沁哪来那么多的钱，一周的吃喝玩乐全是她掏腰包

三是沁沁为何对我了解那么多，包括我喜爱写日记，爱吃甜点乃至有半年都不和太太同房的事都清楚。

四是沁沁为何对我这样好。

1989 年 1 月 28 日

下午沁沁又来了，她说她爸出差了，项目一事怕要等到春节后才能进行。听了她的话，我心里不由暗暗叫苦：北京饭店一晚 100 多美金，我带的钱恐怕是挺不到春节了。

"是不是给你爸打个电话，我这样拖下去……"我望着她的黑眼睛，几乎恳求道。

沁沁怕是看出来我的困惑，嘻嘻哈哈笑道："放心罢，姑娘早有安排了，请随我来罢。"

我们出了北京饭店，沁沁神秘熙熙的说："我带你去看一栋别墅。"说罢，一伸手挽住我的胳膊。

"沁沁，别人看见……"

"哈哈……怕人看见，你在欧洲 7 年多了，还保守的像大别山区的人。"沁沁嘴角浮出一丝冷笑："今个我要叫他们见识见识我的帅哥。"说着不容分辩，连拉带扯地把我拖走了。

别墅座落在二环路线侧，进入院落铁栅门，是冬青树夹出的一条小径，两边的绿草坪，散布着星星点点叫不出名字的红，白，蓝，紫色小花儿，在风中微微摇晃着。建筑是幢淡黄色欧陆风格小楼，楼起两层，顶部是伞状形，伞边微微向上翻转，构成圆弧形飞簷。正门两侧淡黄色的墙角，有几株树丛，枝叶向上攀登，却在冬季开出一片腥红的花儿，微风中像浮动的云霞。

"吴妈"随着沁沁一声叫喊，大门开了，笑眯眯地迎来一位中年妇女，慌乱地在围裙上搽着湿糊糊的手，嘴里念到"来啦来啦，我都准备好啦。"

吴妈把我门迎进客厅后，便到橱房忙乎去了。

客厅大而明亮，屋顶中间，是一盏吊灯，向下坠出一蓬水晶。水晶吊灯下是一个圆形大厅，地面铺着意大利产乳白色大理石，乳白色晶莹石面，散布着菊花瓣状腥红腥红的石纹。圆厅中央摆一架乌黑铮亮的钢琴，来至维也纳的大师手笔。圆厅的四边，分别联接着休憩室，全呈正方形，全铺着波丝长毛地毯。四边围以西班牙瓦伦西亚产的黑色真皮沙发，正中则置放一张馏金边，人造水晶玻璃茶几。大厅四壁，亦放置着馏金边，水晶玻璃隔断的礼品架。架上存放着西班牙托莱多的溜璃金丝盘，堂吉诃德木制雕像，以及高迪的建筑艺术缩小复制品。还有南美的粗犷木雕图腾，以及非洲大陆木制的各种野兽的夸张艺术品，性具图腾等……

这一切，无不显示出主人特有的身份以及与国外尤其是西班牙语系国家的特殊关系。

"我来到巴塞罗那米格尔家了"我惊叹道。

"奇怪吗?"沁沁鄢然一笑:"没准我对西语世界的了解比你多哩?"

吴妈来叫吃饭了,我随沁沁来到饭厅。

我感觉眼花了,下意识的揉了揉眼睛,可不,这哪能是假的,圆桌是居然摆满了西班牙菜肴。不同的是,主人不分主次的把一二道菜,甚至于甜点都上了桌。

典型的加泰罗尼亚沙拉,红彤彤的西红柿,绿莹莹的生菜,晶莹剔透的洋葱丝,配以萨拉曼卡的奶酪,加泰罗尼亚的布蒂法拉香肠片,伊比利亚的火腿片……

主菜竟然是闻名全球的瓦伦西亚海鲜饭。

更令我惊诧的是,桌上的酒全是我在西班牙最爱喝的酒。饭前酒马提尼,黑赖司白酒,里奥哈红葡萄酒,以及百兰地玛格罗。

沁沁的用心令我感动。

这顿饭足足吃了四个多小时,也听沁沁讲了四个多小时的故事。大多是涉及高级干部圈及其子女的故事。

在中国大陆,大凡能知道这些高层隐私故事的,绝对象征着一种与众不同的身份。我从她那黑亮黑亮的眼睛里,便时时看到了十分得意的光波。但在席间,两通电话,更加证实了我的论断。

"对不起,"她伸出食指幽雅的说,"打个电话。"

她接通了手机:"是五哥吗?对对……我是沁沁呀……好吗?刚进高院墙就不认得我了……嘻嘻……我是逗您玩的,好好说正事。南边已来了两次电话了,就是法院刘副院长扶正的事……钱都收了,我们得去一趟了……”

说话声音很大，仿佛是怕我听不见似的。

第二个电话是打给她的，这次她没伸出食指作幽雅状，她有点醉了。白净的脸夹浮出红晕，眼睛流动着令人心跳的妩媚。她举起左手，轻轻向下滑落，"讨厌的电话……哦哦哦，是王哥呀，您说那笔款调成啦，谢谢谢谢……你要怎么谢都行……别别……你不怕嫂子吃醋……""啪"沁沁关上了电话，伸手拿起玛格罗酒瓶，倒了两杯白兰地，递给我一杯，摇晃着杯中琥珀色的液体，笑眯眯地说："来庆贺一下，我又赚钱啦。"

"赚钱？"我不解的自语。

"是，赚钱啦，我从外地一家银行给内地一家工厂贷了 1000 万，他们给 100 万回扣。"

"天哦……"也许是暖气太大了。也许是酒的作用，也许是她们这个圈子巨大能量对我的震撼，我脱掉外衣，解开了衬衣三颗钮扣。

不知什么时候她也脱掉了外衣，露出了粉红色低胸小背心，抖出半个乳房来。

我荤了……

1989 年 1 月 29 日

约莫 10 点多，我大腿内侧火辣辣的痛醒了我。我吓了一大跳，怎么赤裸裸躺在床上，我慌乱的要爬起来，挣扎着企图抬起头，却发现四肢无力都被绑在床架上。

沁沁赤裸裸站在我身边，眼睛充满血丝。拿一条小皮鞭，一下一下的抽在我的大腿上。

我一阵阵针刺般的疼痛，大声的叫道："您疯了，快放开我……"

沁沁并不答话，又是狠狠的一鞭。

"快放开我，你这个性变态！"我叫骂着。

"嘻嘻……哈哈……"沁沁一张好看的脸显得有点歪："什么？我性变态，我看你们男人都才是性变态。你们把女人当玩物……"

我挣扎着："你就不怕老公回来……"

"老公，你说我老公，哈哈哈……胆小鬼！"她大声叫了起来，"您们这些臭男人，都是他妈的胆小鬼……都是些没良心的狗东西。"骂着便呜呜地哭起来。

"不，不光是怕你老公……我还有老婆……"

她一听，跳了起来，一对白生生的乳房晃动着，瞪着黑眼珠子，伸出食指戳到我脸上："有老婆，有老婆还和我玩？……你这狗男人，我又瞎了眼……呜呜……"她大声哭喊。

我慌作一团，"我……我……我是回来搞项目的，要是被你爸爸和老公知道还了得……"

她突然安静下来，拿了一件睡衣披在身上，点燃一支香烟，狠狠抽了一口，吐出一团烟雾，放开了我，恶狠狠地说："好，说开了吧，这项目是我的嫁妆。"

"什么？嫁妆？"我一头雾水。

"是的，嫁妆，它象征着钱，很多很多的钱。"她于是给我讲诉了以下的故事：

"我出身在一个高级干部家庭，19 岁那年从 X 外国语学校西班牙语系毕业，正准备报考外国语学院时怀孕了。男方是我父亲的老同学秦市长的孩子秦，秦长的非常帅，刚刚大学毕业，恐怕影响不好，便背着父母亲，劝说我打胎。由于我服用药量过大，造成大出血，差点丢掉性命。好不易保住了命，但耽误高考期，从此缀学……秦全力安慰我，并山盟海誓要娶我为妻，但因当时年龄还小，只好过几年再说。虽说不能结婚，但我们还是经常同居。我 21 岁那年，28 岁的秦，已是某部里一个副处长了，我再次怀孕流产。我想反正是秦的人了，也并不在意。两人依然如胶如漆相厮在一起。直到我 25 岁那年，秦为了仕途，突然宣布和他父亲秦市长的老上级，秦供职的某部副部长的女儿燚结婚，我才大梦初醒。”

“秦把哭成泪人儿的我拥在怀里，说自已并不爱燚，只是屈从压力才这么做，等到提了正处以后，再找机会和燚分手。”

“我又相信了秦的话，报着希望等待着秦回到身边，依然与秦保持着原来的关系。1988 年 6 月沁沁 29 岁时，再次怀孕了。此时，秦已升为正处长，并与燚终于办了离婚手续。”

“秦把我抱在怀里，亲着我满脸的泪花，深情的对我说：等他出差回来就安排结婚。”

“我满怀希望的准备当新娘，更是偷偷的准备了婚纱，却没料到这个王八蛋却是和一个 22 岁的大学生卯卯到欧洲旅行结婚去了。”

沁沁说到这里，冷笑了起来：“知道吗，秦为什么离开副部长的女儿和卯卯结婚吗？为了这个。”沁沁举起右手，大拇指和食指来回搓动着。“钱，钱！卯卯的爸是一家上市集团公司董事长兼总经理，也是副部级，但更有钱，有钱，这世道更讲钱了，钱比处长实惠，董事长比副部长吃香。懂吗？你懂吗？”

“当时我几乎精神崩溃，发誓把孩子生出来，要与秦闹个鱼死网破。这可吓坏了秦市长，赶紧求我的父亲想办法，并在北京买下这幢别墅作为对我的补偿。"

"为了我爸，我终于妥协了，但以自已多次流产为理由，硬要把孩子生下来。扬言谁再逼她，她就去死。这下可难住了我爸与秦市长。"

"我爸对秦市长哭丧着脸说：老同学，要您侄女生个没爸的孩出来，我这老脸该往哪里放？"

"一时间秦市长也没了主意，还是市长的马秘书点子多。马秘书挠挠后脑壳说："我有个同学刘，在市里某局当了个副科，32 岁还是单身，人长得不错，设法把他搞成正科，再介绍给大妹子，这孩子不就有了爸啦。"

"我得知这消息后，觉得很别扭，后来我想，反正又不是黄花闺女了，看到爸为难的样子，刘长得也挺帅，我就同意了这门亲事，我们突击结了婚，住进了豪华别墅。婚后刘很体贴我，到也过了两个月安稳日子。后来，刘发现我一直不来月经，以为我有毛病，要带我去看医生。我整死不去，引起刘的怀疑，经再三追问，我不得不吐露真情。"

"刘知情后大怒，两人天天争吵不休。刘要我作人流，我至死不从，刘终于大打出手，我再次流产……"沁沁说道这里，咬牙切齿地："我是个女人，一个女人呀，可我连生个孩子的权力都被剥夺了呀。我悲痛欲绝，割了腕……经抢求脱险，保住一条性命。"

"黄家受了这等屈辱，我爸那肯罢休，将刘告上法庭，一时闹得沸沸洋洋，满城风雨。我那里承受得了如此打击，整日哭哭啼啼，光想寻死，闹的黄，秦两家战战兢兢，生怕搞出个人命官司来。黄，秦两家，一方面令人看紧我不要出事，一方面紧急商讨对策。"

"还是那位马秘书献策：大妹妹是学西班牙语的，把她送到西班牙去发展算了。"

"我爸一听便急了：一个女孩子到那里怎么过？"

"秘书说：局长别急，据我所知，我市有一个从西班牙引进改造汽车底盘生产线的设备的项目，价值几千万……我想市长可和部里商量一下，把黄局长借调到我市兼个副市长，主抓这项目。然后……哦，好像听黄局您说过，有个什么同学的在西班牙担任驻外首席，请他帮忙在华侨当中物色一位合试的，把沁沁托付给他，把这项目作嫁妆交给他好了……"

"通过市长的运作，这件事就按秘书的计划定下来了。可是当我到汽车公司接此项目时，该公司总经理却百般刁难，后来我明白了他的意图，无非是想和我上床嘛。"

沁沁讲到这里，苍白的脸上挂着一丝冷笑："您想都到了这个份上，我还在乎个屁，上床就上呗……"她用那对黑的发亮的眼珠子，盯着我"你们男人凭什么把女人玩于手掌之间，不就是权和钱么？你们男人为了获得权力与金钱，肆意玩弄情感，贱踏我们女人的心灵，毁灭我们女人的尊严……"

突然沁沁舞动着双手，近乎歇撕底里地喊了起来："我恨男人，恨天下所有的男人……呜呜……"她慢慢抬起头来："用嘲讽的语调说：我现在握有这项目的权力，我拥有天文数子的钱，我要尝试做男人主宰的滋味，哈哈哈……"

我的心在她笑声中颤抖。

1989 年 1 月 30 日

今晨 10 点，我收到黄局的电话。局长告诉我项目马上开始，第一个步骤是到 W 市该汽车工厂去接触。但必需由沁沁做我的助手，随我前往 W 市。

我吱吱唔唔答道：“好，好，好，我安排一下就给你回话。”我放下电话，瘫软在沙发上。满脑子飞旋着幻影：沁沁的黑眼睛，白生生的乳房，美金，西式花圆别墅，小皮鞭，主宰……

哈哈哈……我疯了。

1989 年 5 月 2 日

我突然收到沁沁的电话，说已到马德里一个多月了。最后她说：“你跑了，但是我看得起你，你是不食人间烟火的外星人……说到项目，已有人接了，跑了赵屠父，照吃剥皮猪。”

璜妮

日耳曼血统的海依默医生，摸着刮得泛青的下巴，用淡兰色的眼盯着我说："ok 我可以回答你，那位梦中情人叫璜妮，一个典型地东方女性。"

"是她、使你整整寻找了五年？"接着海依默医生，给我讲述了一个动人的故事。

"五年前，也就是我二十七岁那年，我在北非一个海岛上私人诊所工作。一天早上，我听见护士室喧哗，却原是两个女人在争吵。一个三十来岁的女士，拿一把美钞在一个六十多岁的老太太干瘦的脸前晃动着说'上帝！这可是以前美元啊！你怎么可以偷？'"

"我哪里是偷，努莉，昨晚上在咖啡厅里，卡皮给我的。"老太太辩解着："医生说这个肿瘤必须切除。"

"啊…啊！你在说你那宝贝卡皮，我的性伴侣、蓄着八字胡的卡皮，他有钱么？连他也是靠我吃饭哩。"努莉说着垂下淡兰色的上眼盖："好啦、xaq。冬妮娅。"

目睹着冬妮娅抽泣着离去，而我这个外科医生却没能力留着她。因为我是打工崽呀。但一连十几天，冬妮娅那干瘦的身躯，经常也在我眼前晃动。但慢慢地竟然也淡了去。

也不知过了多久，一个周末，我去了单身男人们常去的地方。照例在一个角落里坐下来，透过玻璃杯中淡黄色的荷达贝，欣赏着这奇妙的世界：舞厅里闪烁着五光十色的交织旋转的光波、英国威士忌、法国白兰地以及俄罗斯的伏加特、混着各种烟味、香水味、胭脂味，在强节奏的旋律中，疯狂扭动的腰际，颤抖的乳峰间谧漫着。那些露肩的、裸背的、敞胸的、靓腿的女人们，用褐色的、淡兰色的、浅绿色的、宝石黑的眼波，向形形色色的男人们挑逗着……

突然，我的目光被斜靠在紧急出口门框边一女子紧紧地吸引住了。她有着高挑的身材，乌黑的头发瀑布般垂下，在乳白色连裙腰际，卷起半圈黑亮的小花。大慨她发现我注视她了，慢慢踱到我身边："先生，我可以陪陪你吗？"

我感却出她声音的颤抖，如果在阳光下我敢肯定她那有些苍白的脸颊，会浮起朵红云，我仰起脸来注视她。

"先生，我可以陪倍您吗？"声音依然颤抖着，似乎在哭泣。她说罢转身离去。

也许是好奇，也许是抗拒不住的魅力，也许是也许，我居然站起来，尾随她穿过拥挤的人群，出了大门。

街上很静，清淡的月光洒在她浑圆的肩上，使我联想起中国神话中的嫦娥。

　　一股冷风扑来，我清醒起来。哦哦，我这是上哪去？连姑娘姓啥都不知道，便去干那种事，我想立即逃去，然而，该死的然而……

　　"我们喝杯加啡去好吗？"我提议。

　　对面落坐后我才惊异地发现，她是多么美。额头那么明亮，浓浓的睫毛覆盖着黑贝似的眸子，还居然有一个欧式挺直的鼻梁。

　　我把一杯加啡放进糖轻轻搅拌后推到她面前："姑娘您叫什么名字？您怎么会干这个？"

　　她大慨被我的诚意感动了，给我讲了自已的故事：

　　"我叫璜妮，当然这不是我的真名。五年前，我自费留学末到欧卅，但没想到承办单位骗了我。到后，不但没能入学，当然也没有合法居留手续。当时正遇上偷渡潮，当局查得很紧，于是我跑到了外岛。在一个当地人家里做佣人。主人是一个霜妇，有一个儿子。一天晚上她儿子企图非礼我，她一怒之下报了警。于是母子间恩断义绝，她还以此为理由收我为女儿，向当局申办了我的居留，从此我俩相依为命，靠她分租两间屋租金为生，还鼓励我去上学，但不久……"

　　璜妮说着两眼闪出了泪花，珍珠般地褂着睫毛上。

　　"对不起，"我因触痛了璜妮的隐私而抱歉："那么？你为什么出来……"

　　"我需要钱，真的，需要钱，但……"璜妮抽泣起来："但，先生，我看您是好人，请您不要把我当坏女人，我是第一次……"

　　璜妮抽泣的时候，倍加地迷人。那泪珠仿佛是滚动在花瓣上的晨露。

　　一股燥热激起男人们常有的欲望："那您需要多少……"我试探着问。

当我在支票上写上她需要的数目并签上名字交给她时，她纤细的手指哆嗦得很厉害。

突然，我听到一个熟悉而沙哑的声音在叫我的名字："海依默医生，您怎么会到这种地方来……"

这不是冬妮娅么？那个在诊所里被骂为小偷的瘦小老太太，老太太的叫唤使我明白了这咖啡厅的性质。这不就是设在红灯区专供男女们讨价还价的场所么？

必须躲开她，要是真让她在这里发现了我，该多难为情"啊？璜妮，我去去洗手间。"

躲在洗手间里，我隐约听见冬妮娅的声音："真见鬼，明明看见他进来了……"

约摸半小时光景，我估计冬妮娅早已离去，便走出洗手间，想带璜妮赶快离开这里。

猛间，冬妮娅有如天神般出现在我面前。她伸出两臂拦住我："我想不会看错人的，终是等到了。"说着冬妮娅从怀里掏出个手帕卷来，用瘦削的手指打开，递一张纸片儿到我眼前，嘴里嘀咕道："医生，医生，看我有钱了，可以手术了……"

我的上帝？这不就是我刚才给璜妮的支票吗？我感到人的灵魂游丝似地浮出躯壳，墙上镜子中的我，逐渐烟化为一个丑恶的鬼怪。我不敢看镜子，也不敢看冬妮娅，只对她连连说："手术，手术，明天来，来……"说罢我夺路逃出了加啡厅。

海依默讲完了他的故事，用淡兰色的眼睛默默注视着我，陷入了沉思。

我看见那淡兰色，慢慢扩散成烟涛迷茫的尉兰色大海，那波涛簇拥着一女子，著一身乳白色的连衣裙，长发乌云般泻向腰际，似耸立在海天之际一座汉白玉雕象。

母亲之死

我在川东一个叫大王庙的深山里，找到了我的母亲。那是 1991 年，她正好 70 岁，和我同母异父的弟弟均，住在山洼里红瓦青砖围起的一个院子里。当我在县政府的官员陪伴下走进中房时，母亲正坐在藤条编成的圈椅中，像鸡爪子瘦骨鳞峋的手，无力地垂放在扶手上。头发焦黄而稀疏，鹅蛋型的脸，脸颊深陷，露出尖尖的颧骨，额头棕黑色的斑，深陷在老树皮般的沟壑里。只有架在细小鼻尖上那副褐黄色的老花镜，透露着资深大家闺秀的韵味。

"妈……"我扑咚一声跪在泥土地上，抱着母亲干瘦的两腿大哭起来。

母亲却突然"咦"地尖叫着，把身体向旁边的均斜过去，紧紧地曳住均的胳膊，喃喃的说"我怕我怕"眼里流出恐怖的光。

在大家的解释后，母亲似乎明白起来，她仰起脸，望着房角的一圈蜘蛛网自语地"对对，我的大儿子佳林，我还有佳辰，佳芬，佳均……"

她抓住我，用颤抖的手抚摸着我的手背："你真是佳林呀？……

你在哪呀，为啥不来看妈？过几年恐怕看不着了。"

我哗哗地流着眼泪哽咽地说："妈，儿子不在中国，在美国……也是刚知道您在这儿……"

母亲望着我的脸："哦，美国，我知道了，你爸那年就逃到了美国，他是国民党反动派，你也是国民党？"她眼里闪过一丝恐慌．拉着我的手也松开了。

县里官员讲话了："老太太，你还说过去的老话，改革开放了，只要爱国的我们都欢迎回来。"

母亲似乎明白了，她缓缓站起来，拉着我走到院子里，回头对官员说："我生的儿子能不爱国吗？"她指着院子说："回来吧，回来吧，你看中国多好？我们家的这房是前年起的，比你地主爷爷老家的房还阔，你弟弟在县里当了总裁，这可是个官哩？"

母亲上下打量着说："你这么胖，也是个官罢。"

我调侃地回到："妈，均弟弟是种菜，我是种粮，你再不缺粮少菜的了。"

妈乐了，笑开了嘴，露出残缺不全的黑黄色的牙，煞有介事的纠正我："不是种菜，是总裁，蒋总裁的总裁……我可没听说过种粮这个官……"

妈回头对佳均讲："赶明给你哥，还有佳辰佳芬都按派个好工作，一家人团个聚，都回来，哪也不去了……"

我一个劲应到："妈，我回来回来，佳辰佳芬会都回来……"

母亲发现均的脸上有些难堪，冷笑了一声："均，妈知道你当官了，妈就不能用给你的权力，给哥几个安排工作……"

均苦笑着点点头。

母亲笑了，满意地自语："回来就好，回来就好，现在妈也不戴高帽子了，不挨批斗了，不蹲拘留所了……"

我哭笑不得去搀妈的胳膊，但没想到她又"噫噫"地惊骇起来："指着我问均，他是谁……"

我们大家七嘴八舌地向她说我是大儿子佳林，母亲晃忽地望望我，颤抖着伸出右手，用左手掰着干枯的手指，仰脸无神地望着天："我儿子？对对，我还有佳辰佳芬……回来吧，回来吧，国家多好？妈再不是阶级敌人啦……"

从老相片中看到的母亲，是一个典型的江南水乡女子，漂亮而灵气。听老人说，她喜爱京剧，在舞台上一招一式都叫人爱得心疼，尤其是那对水汪汪的凤眼，就那么一轮，你似乎伸手就可接到闪闪发光的水波。她戏唱得好，舞跳得好，球打得好，文笔也好。刚解放时，政府招募知识分子，妈由早期加入共产党的叔叔担保，居然进入市政府秘书处工作，还经常受到领导的赞赏。当然她也正因为太有才华，再加上有一个逃往美国的国民党军官的老公，经过一系列运动后，不变成现在的模样，那才是怪哩。

经商量在妈 80 岁那年，我把妈接到了美国．检查后发现，母亲心脏有些毛病，并且由于小脑萎缩，记忆严重衰退，越远的事记忆越清，可刚刚发生的事，刚刚说的话，一扭脸就可忘记。

在美国的两年多里，闹了几次令我哭笑不得的事，也留下我终生的遗憾。

那天，我下班回到家里，母亲没有像往常一样问我受到书记表扬了吗，和同志们相处好吗一类令我哭笑不得的话，却板着松树皮似的脸，指着撒在地板上的一堆被剪成碎片的相片厉声问到："你的立场到哪去啦？你不怕被打成反革命吗？……"

我勾头一看"天哪"，妈居然把我辛辛苦苦收集父亲的像片剪得粉碎。这些像片，有父亲年青时身穿国民党美式中校军装的个人照，有后来与台湾访美高级将领的合影，甚至还有与欧美军界政界要人的合影……

"妈！"我急得大喊起来："这是珍贵的历史记录呀。"

母亲呆痴的眼睛居然闪出了火，她伸出干枯的食指戳着我的额头："儿呀，你这是找死呀，那年，我就是保留了你爸一张照片就一辈子翻不过身。"

"妈，我们是在美国，何况时代也不同了……"

"啥子同不同呀，群众的眼睛是雪亮的，再说，妈被揭发后也逃了，逃到新疆还是被抓回去，而且罪加一等……你在美国，你就是在英国，也会被抓住的，你就等死吧……等死吧……"

事后母亲好几天都对我很冷淡，好像要与我划清界线似的．但终于没人抓我，慢慢就忘了去。

随着时间的推移，妈的身体愈来愈差，愈来愈糊涂。经常拿着自己年轻时的相片叫女儿，指着父亲的相片叫儿子。但有时却拿着父亲的相片，伸出尖尖的手指，颤巍巍地摸着脸，嘴里喃喃地："这人我，我认识……"嘟噜地声音低得几乎只有她自己能听见，但我却看见了妈那昏暗的眼里湿润着……令人感动。

终于一件令我终生遗憾的事发生了。

那天，妈说前胸有些闷，我赶紧驱车带她去医院。因为心急，车在高速公路上超了速，后面的警车呼啸着追了上来。在我停车接受检查时，妈发现身材魁梧警察，正走向我的车，她尖叫起来："警察，警察！"声音绝望而恐怖："看，还带着枪，手铐……"

我说了声："妈，没事的。"便下了车。

等我接受了警察的批评与罚单，回到驾驶室发动了车，并对座在后座的妈说："妈，我说没事就没事吧。"

妈没应声。

我回头一看，妈的头无力地搭在右肩上，身体斜靠在车右门框，天呀，妈死了。

威廉斯商人赫苏士

威廉斯是西班牙东北部的一个小镇，属巴塞罗那省辖的人口不多内陆城市，但因是一个皮革加工重镇，各国皮货商川流不息，百年下来，倒也造就了她的繁华。在那具有法国风情和西班牙地中海风情的建筑群里，自然也形成了街巷交错的皮货市场。皮货风格各异，厚实的可以制作铠甲，柔软的可比绸缎，色彩斑斓，令人眼花缭乱。更有商者为吸人眼球，更以皮革制成男性生殖器，孔武有力色调逼真，堂而皇之挂在醒目之处，常常惊得来往的各种不同肤色的女子欢快地尖叫。

我的职业是皮货倒爷，自然也常常来到这个威廉斯。也像各国各地的倒爷一样，常常进入一个具有百年历史的威廉斯酒吧，等待着每天收市时的大砍价。

这是一个闷热的日子，我在威廉斯酒吧一个角落里喝啤酒，桌上已摆着四支圣米盖空瓶，我打了个指响，通知系兰围腰的跑堂维特尔送啤酒给我，却见他笑咪咪地走到我桌子边，把一杯盛着淡黄色的冰镇威士忌高筒水晶杯递给我，又把一小碟放着七八支通红的小虾的盘子放在桌上。

"我点了这个吗？"我不解的望着跑堂维特尔。

"呃呃，我知道。这是那位先生送你喝的。"

我顺着跑堂维特尔的眼光看过去，在五米多远的地方，一位靠着酒吧台的中年人举起酒杯向我示意，同时又诡秘地朝我挤了挤眼。

我也向他举起酒杯，算是表达谢谢。他却走到我桌边镜片后的眼又诡秘地挤了挤说："男人应该喝威士忌，夏天更解渴，而且更……"他握紧拳头一扬。

我理解他在开玩笑，便书归正传问他："你为什么要请我？"

我记起老人常说："吃了人家嘴软的教导。"

"不为什么，我喜欢中国人。"

他的回答引起了我对他的兴趣。这是个标准的当地人，有一米八的个头，灰白色头发浓密而蓬松，镜片后有一双暗绿色的瞳孔，显得深邃的弥漫。两颊和下巴布满又粗又短的胡子茬，粗狂而性感。

他大方的伸过手来："我叫赫苏士，本地威廉斯商人，当然我还要告诉你，我还曾是因伤退休的一名警官。西班牙有一句话'trabajar como un chino'你们太厉害了，空着手来到欧洲，没几年就创造了我们一辈子都达不到的财富。"

因为他崇拜中国人而认可了我，我占了民族的光，被赫苏士认可而成了朋友，在我居留到期要更换新居留时，他居然帮了忙，使我很顺利地得到了五年居住证，我们从朋友，变成了生意合作人。

一天，他带着我去一家皮革厂，想买点皮革边角料卖给作皮手套及小皮件的客户，他意外的发现这个厂居然有从中国进口的皮革。而憨厚的老板又居然建议他买中国皮革，因为中国皮革进口还税后的价格仅为本地皮革的三分之二。

赫苏士两臂交叉抱在胸前，时而摸摸下巴的胡子茬，望着憨憨笑着的老板，突然我看见赫苏士眼里闪过一丝狡诈的光。他拍拍老板的肩说："马洛洛，我可以用比西班牙皮革便宜一半的价钱卖给你。"

马洛洛疑惑的望着赫苏士，在旁边的我也吓了一条。因为按他的报价，就按中国的出厂价，也是略有亏损的。

赫苏士的目光逼视着马洛洛："你不相信我的话？"他顺手亲热的拍拍我的肩膀，接着说："这位先生就是中国的皮革商，他在我的帮助下引进了西班牙的皮革机器和工艺，现在的皮革品质和我国的一样，但价格只是我们的百分之五十。"

赫苏士当着我的面编造了一个故事，当马洛洛快乐地高喊着"很好"并拥抱我的时候，我居然失去了戳穿这个假话的勇气。

两天后，赫苏士兴高采烈的找到我，把一份他与马洛洛签订的合同给我看。

这是一份涉及 10 万美元的合同，到货价果然比当地价格低了 50%，买方预付了 30% 货款的定金。他拿出 3000 美元对我说："你马上替我联系中国供货商，我按 3% 的佣金给你，你告诉中国人，我的市场是巨大的，我有'米弘米弘'的订单……"

我懂得，他说的"米弘米弘"的订单，是指的百万百万欧元的订单，这个数目在上世纪 80 年代末和 90 年代初，对急需外汇的中国政府和企业都是有巨大的诱惑力的。就是凭借这个诱惑力，他顺利地以当地"欧洲" 50% 的价格和中国 10 余家企业，签订了合作意向，并因为有我的介入，中方都给了极其优惠的付款条件，即预交定金 25%，余下到货后 45 天电汇。

刚开始我实在是不懂赫苏士以等价买进等价卖出的生意经，我每当问起赫苏士，他总是狡猾的笑着说："走着看吧。"

一天他打电话把我叫到他宽大的办公室，哈哈地笑着对我嚷道"中国人，我们有办公室了。"

他的话使我很惊讶，因为之前他带我去过好几个豪华的企业办公地点，工作人员都很客气的称他为赫总，他也告诉我他是这些企业的股东。

赫苏士看出来我的疑问，诡秘地一笑："中国人，跟我学吧，那些地方都不是我的，是假的用来骗人的……"用中国人的话来讲，他原来他是个没公司，没地址，没资本"街串串"。但他的话很轻松，也显现着欧洲人的率真。

他对门外叫了声"玛丽"，应声进来了一位小 30 岁女子，高挑的个头，金黄色的长卷发，波浪般的顺肩坠下，眼睛蓝蓝的，像地中海的水。赫苏士指着玛丽对我说："她叫玛丽，荷兰人。我们是十年前认识的，我受伤退役后和她接了婚，那年她刚 19 岁。"赫苏士介绍时，我从他诡秘而得意的笑中，感觉到他们之间有很多待知的故事。

赫苏士从她手中接过一个文件夹，摊开给我看，快乐地叫道："两个月，仅两个月我们就有 200 万欧元的订单，"他对玛丽说："我的宝贝，告诉中国人，我们有了多少进账。"

玛丽回过头来对我说："光定金就 60 万欧元。"

赫苏士用低价略亏的策略，迅速的吸收了巨额定金，他账面上的现金存量，从几千欧的注册资本，魔术般的变成几十万，几百万欧元，供货商也从 10 几家上升到几十家，遍布在中国全国各地，他也被同行誉为皮革进口大王。具有荷兰血统的玛丽，也顺理成章地成了他的财务经理。半辈子玩世不恭的赫苏士，对上帝发誓要赚很多很多的钱，让玛丽过上好日子。上帝好像也特别眷顾这位退休警官，他生意越做越大，账面现金流越滚越大，很快买了栋别墅，换了部汽车，过上了中产阶级的生活。我和他们的关系也越来越密切。

但是我始终感觉到玛丽快乐不起来，一天玛丽用那充满忧郁的蓝眼睛盯着我说："你应劝劝赫苏士了，他向中国定的货，只付 25% 的定金，剩余货款都被他挪用到股票上了，而且赔了不少。中国供货商已经停止供货，通过使馆追讨欠款了。而他收的买家定金，因供不了货买方也要起诉他。"

听了玛丽的话，我也紧张起来，毕竟赫苏士的所有生意中都有我的介入。我迅速在酒吧里找到赫苏士。

赫苏士镜片后的眼显得抑郁，灰白色头发有些凌乱，满腮的灰白色胡子茬使他显得憔悴与疲惫。他好像知道我想说什么，向服务生要了一杯"黑莱士"递给我："怎么？害怕啦！"

我倒也没值得害怕的地方，因为从法律上讲我的角色只是拿佣金的翻译。但我又知道，当时中国企业还很不习惯通过法律来解决国际商务纠纷，往往是找中国使馆，而使馆又习惯地拿华人中介说事。

"该中国方面的钱你要尽快还上，不然我夹在中间很麻烦。"我忐忑不安地说。

"放心吧，奇哥[3]！"赫苏士拍拍我的肩膀："我们认识有三年了吧！我赫苏士啥时候把钱看得很重。"

赫苏士到也没说假话，他在这一带很有些名气。大家都知道他是个聪明的倒爷，工厂的剩货，商家的库存，从女人的胸罩到男人的裤头，

---

3. 西语 chico，年轻人的意思。

从南部的火腿到北部的二手家具，他都能轻易找到又轻易出手。而身边经常有一些无事干的嬉皮，平数里帮他跑跑腿换点酒钱花花，有点国人中的老大的意思。

赫苏士又递过一杯酒来，这回杯子里是淡黄的苏格兰威士忌。他有点醉意了，一张嘴便吐出一团酒气。他说："明天你到我办公室来，我告诉你我解决的办法。"

第二天我去了赫苏士的办公室，他已没有了昨天的沮丧，并且情绪很好。他把桌面上的两份合同递给我。

一份是名叫"敢勒"的西班牙公司和荷兰的"阿姆"公司签的合同，交易商品是纺织品，金额高达80万美金；另一份合同则是荷兰"阿姆"公司和中国山东一家服装厂签的同类商品，金额也是80万美元。他对我解释："因为纺织品是有配额限制的，所以从荷兰转口过来，那边他们有人。"他又告诉我，这单成交后，利润基本可填补以前的亏空了。

这个消息对我说当然是个好消息，起码填补了亏空，我这个翻译也如获重释。我高兴地说"还是你有办法。"

"不过还有些麻烦呢！"赫苏士拿出了西班牙"敢勒"公司开给荷兰"阿姆"公司的银行信用证给我看，又愤愤地说："这些中国人真是死脑筋，我把信用证发给他们，请求发货，他们就是不肯，非要等接到荷兰"阿姆"公司的信用证才肯发货，这样一来货物到晚了客户取消了订单，麻烦就大了。接着他近乎于哀求我说道："看来还非得请你跑一趟，到中国给他们当面讲一讲，你们中国人之间好说话些……"

这当头我也正想回国一趟，反正赫苏士出机票和费用，我何乐而不为。

在中国和厂方谈了后，厂方依然坚持收到荷兰转过来的信用证才发货。真是"拿了人家的手短"，我因拿了赫苏士的佣金只好豁出去了，我对厂家说："你们马上发货，我做人质留在山东，等你们收到信用证时再走。"

货终于发出了，我便留在了山东做起了"人质"。山东的哥们很义气，把我这个"人质"照顾的很好。按理讲从荷兰转信用证到中国有七天时间就够了，可是十天已经过去了银行一点信息也没有我有些慌了，可山东的哥们还安慰我再等几天看看。二十天过去了，连山东的哥们也沉不住气了。我一天往西班牙"敢勒"公司和荷兰"阿姆"公司拨了几十个电话，对方都回答没这个号码。我乱了方寸，厂方也乱了手脚，居然有人在背地里报了警，于是中国公安也介入调查，怀疑我和老外勾结起来对中国企业诈骗，扬言要起诉我。

好在厂长是个留学生，他知道这种涉外的商贸纠纷，只能通过法律解决，扣人是没有法律依据的，厂长决定陪我一起到荷兰和西班牙走一趟。到了欧洲后，赫苏士一家已没有踪影。我们大呼上当了并立即报了警。警方最后告诉我们，这是一桩典型的诈骗案。嫌犯赫苏士，在荷兰以情人玛丽的名字开了个公司"阿姆"，接收了赫苏士的西班牙"敢勒"公司的信用证，当然信用证也是伪造的。又利用我取得了厂方的信任，成功地做了案子，警方承诺立案调查。在这个案子里我是有责任的，虽然我不负法律责任，但有责任协助调查。

过错使我在华人社会里抬不起头来，我就在这个小镇上接收了一家咖啡馆，埋名隐姓地过起了小日子。

七年光阴不经意地飞快从身边流失了，赫苏士也在我记忆中淡化模糊起来。

大约是 20 世纪末的一天，啊！记起来了，那是 1999 年的复活节后的一个上午，我的小咖啡店来了一个客人，她被我太太安置在靠窗户的一张高脚小圆桌旁边就坐，当把咖啡送到桌边时，我几乎惊叫起来"玛丽！这不是玛丽么？"

玛丽瘦削的身体似坐非坐的靠在高脚椅子上，从椅子边沿优雅地垂下两只交叉着的被牛仔裤包出曲线的长腿。她左手用小勺轻轻地搅动着咖啡杯中的黑褐色液体。

玛丽很快就认出我来，她的眼睛还是淡兰色的，只不过比十年前多了些忧郁，她淡淡的一笑，依然带着荷兰人的优雅："啊！真巧，怎么是您？"

"是啊！真巧，您怎么摸到我的小店来了。"我问道。

"我也不知道这是你的店，我上个星期才回来，在这附近租了个房子。今天来早餐，没想遇到了老朋友。"

她说她才回来。这引起了我的话题："赫苏士也回来了吗？"我试探地问。

"是的，我把他带回来了，他的骨灰，他的遗嘱要我把他带回家。"于是玛丽给我延续讲述着赫苏士的故事。

"那年的事把我也牵扯进去了，因为我是荷兰'阿姆'公司的法人呀，尽管事前我不知道赫苏士干的那些事。有什么办法呢？命运把我们栓在了一起。我们一起逃亡了，跑到了北非定居下来。"玛丽又喝口咖啡平静地说："那里虽说生活条件比西班牙差，但是，赫苏士说'海峡那边就是西班牙，在这里可以嗅到祖国的气味'，我被赫苏士感动了答应和他一起住下来并约法三章。"玛丽显然激动起来："我告诉他一不准酗酒；二不准勾引阿拉伯女人；三不准再坑蒙拐骗。"玛丽居然流出了眼泪："实在说赫苏士是爱我的，那件事他也是想赚一大笔钱让我过好日子，所以当我约法三章时他都答应了。"

"我们租了一个摩洛哥人的饭店改为西班牙饭店，实际上就是卖点小吃一类。"玛丽陷入回忆："一开始生意还不错，可慢慢的就淡了下去，不过维持生活还是可以得。我了解赫苏士，生意一不好就会出歪点子，因此我把他看得很紧。可是还是出了问题。"

玛丽说道这里停了下来，她站起来对我说："我尽管三十七岁了，还不算丑吧！"

我急忙回答："正是一朵成熟的花儿呢！"

玛丽愤愤地接到："可赫苏士却突然带了一个叫'古热'的阿拉伯女孩到饭店来工作。有一次我到饭店去，发现了这个 20 多岁妖媚的年轻女孩，赫苏士居然告诉我，这个女孩几个月来帮他赚了很多钱，是很有用的，不然饭店早就关门了。"

"虽然赫苏士没告诉我这位女孩如何帮助他赚钱，但是，她们的秘密还时被我发现了。"玛丽继续说道："一个大清早，约莫七点多钟我出出遛狗，在卡洛斯大街上一家叫'巴比洛'饭店的门口碰到了古热。这饭店是关着门上着锁的，门口地上却放了很多啤酒，红酒和牛羊肉等食材，另有当地人在往汽车里搬运。汽车开走后我拉着古热逼着她讲实话，的确吓了我一大跳。原来赫苏士头天用'巴比洛'饭店的名义订货，要供货商在早上七点多把货送到'巴比洛'饭店的门口，因为这时间饭店是不会开门的，收货人只要在门口签个单就把货物留下了。"玛丽突然提高了嗓门："他就用这种方法，以 20 几家饭店的名义，把货物骗到自己饭店使用，天呀这简直是魔鬼的戏法……"

"我每天都心神不安的生活，总感到恶运就要来到，连睡觉都时时被惊醒，我再也不能容忍了，便整天和他吵架，闹着要与他分手。"

　　我痴痴地在听一个故事，当听到玛丽说要分手时，才回到现实中来"那赫苏士呢！"

　　"哎，女人那坏就坏在心太软。"玛丽感慨地说："我每次闹着要分手时，他就跪下求我，说这样着是为了我，……我终于软下心来，只是不准他再干这种缺德的事。慢慢地好像这件事就过去了，赫苏士也真的没再出妖蛾子了。"

　　听到这里我也松了口气。但是玛丽突然又冷笑起来："事情果然来了。问题出现在古热身上。"

　　"古热之所以如此忠心赫苏士，因为赫苏士答应帮她去西班牙，"玛丽越说越气愤："古热可不简单呢！她帮赫苏士做的那些事，她早和她男朋友商量过，要抓住赫苏士的把柄向赫苏敲诈。"玛丽由气愤变为冷漠与鄙视："古热居然带着男朋友找赫苏士谈判，要 2 万欧元的封口费。要知道赫苏士是当过警官的，那会吃这一套，双方吵得不可开交，结果赫苏士一拳把那小子打翻在地。"玛丽长叹口气："要知道这是在人家的国家里呀，当天晚上人家十几个人冲进咖啡馆，把咖啡馆砸得稀烂，赫苏士也住进了医院。"

　　玛丽的语气沉重起来："说实话他活该被打，我本不想去医院看他，结果还是去了，这就是女人呀。我去的时候，赫苏士腿已绑上了绷带，医生说是小腿骨断了，头部也受了伤，透过纱布，还看得到殷虹的血印。旁边有两个警官，正在录取口供。临走时告诉他，警方会起诉他的，我看到他的模样，心里又疼又恨，我一句安慰的话也没讲，只是冷冰冰的望着他。赫苏士还是请求我原谅，说是为了赚钱养家，只要我能原谅他，他再挨打也能挺住，他挣扎着下床跪在地上，小孩子般'呜呜'哭起来。"

　　"事实上那时我们已经有钱了，那笔款他用我的名义买了栋房子还有剩余，我不知道他要那么多钱干什么？再说赚钱养家我听着是假话了，我神情麻木地呆呆地望着面前这个人，似乎很陌生，也没同情也没厌恶，天呀！我该怎么办？"

"突然，古热的男朋友冲进病房，手里拿吧尖刀，显得很冲动，后面又追来两位警官，把男子紧紧抓住。那男子却冲赫苏士喊道："我要杀了你，你敢玩耍我的女人……那男人在警官手腕中挣扎着，像一头受伤的豹子。"

"我被突如其来的情况惊呆了，因为我知道那是不可能的，当然这个秘密只有我知道，我紧紧咬住嘴唇浑身颤抖着，眼里喷出了火。赫苏士却呐呐地说'不是那样的，是他自愿的，我们最多是拥抱拥抱，像西班牙人习惯的那样……'。赫苏士呀赫苏士你糊涂呀，古热可是个阿拉伯女人呢！我再也呆不下去了一抬手，狠狠地给了赫苏士一个耳光，便扭身跑出病房，我听见赫苏士在喊我的名字，声音凄凉而绝望。"

玛丽深沉地叹口气："是我害了他，如果当时我停住脚，甚至回到病房，可能事情会好得多，可是我并没回头走了，而且三天都没去医院……"

玛丽淡兰色的眼睛滚出了眼泪："不管他有多少过错，但他是爱我的呀！爱是没有过错的……"玛丽用双手捂住脸深深地呼吸着，强迫自己平静了下来："第四天警方通知我赫苏士卧轨自杀了，并给我了一份赫苏士的遗书。"

玛丽把遗书递给我说："你是能理解他的，所以给你看看……"

遗书上写道："玛丽，我的最爱，您知道曾是警官的我，面对过多少次流血和死亡都没退缩过，自己以为是非常坚强的人。而唯一次的被击倒，是把您从一群暴徒手中救出的那场枪战中，暴徒的子弹使我失去了男人的根，要知道一个没根的男人和死人有什么两样呢！而您明知我失去了性功能，而以 19 岁花似的年龄嫁给了我，您以巨大的牺牲维护着我作为一个男人的起码尊严，这需要多大的勇气哦！我也太自私了……因此，我要拼命的赚钱，不择手段的积累财富，都是企图对您做些补赏。但是，这些财富却给您带来了耻辱。那天他们把我打成重伤，可您那一耳光却是给我致命的一击。我痛苦的躺在病床上，希望着有机会向您忏悔，可您居然再没出现，您应该知道您在我生命中的位置，我决心以生命表达我的歉意……另外有一事相托，请把我们的财务清算一下，偿还欠下的债务，余下的您带回荷兰吧，下面是欠债名单……"

玛丽在一边哭成了泪人儿，一长串名单中我居然看到了我的名字……

满花酒

出国了，口袋里的钱多了，酒也喝多了，茅台、五粮液、卢州老窖、西凤竹叶清，英国威士忌、法国白兰地、意大利红葡萄酒，少说也有千儿八百瓶的，但是给我留下印象最深的，还是满花酒。

在世界酿酒史中，你绝对找不到满花酒这个酒名，但对于我来讲，它的的确确是最美最谆，沾边就醉的美酒。

满花酒产于中国豫东南的一个贫瘠的小县酒厂，是属于地方国营性质的企业。虽说是国营企业，也不外是几个有屋顶无墙壁的水泥发碎池，加上一座用蒸气加热的蒸馏锅。一进酒厂车间，那雾气便卷着浓郁的酒香迎面扑来，一个个豫东汉子，不管春夏秋冬，一律光着脊梁，裸露着古铜色的背膀忙碌着。翻料的翻料，装料的装料，最紧张而刺激的是出酒的时候，只听班长一声令下，那晶莹透亮的液体便奔腾而出。每锅酒出到一定的时候，总会有压力最大的时间，那液体喷射而出，在接酒罐里形成旋涡，继而冒出泡沫。像盛开的花。倘若你舀一茶缸，酒居然还在茶缸里旋转，这酒便是一锅当中品质超群的满花酒。

那是个讲龙生龙凤生凤，老鼠的儿子会打洞的时代，朔山因出身不好，大学毕业后，就在酒厂里当上了一名勤杂工。后来因为写了几篇文章，受到县革委主任的重视，被聘为县革委通讯组驻厂通讯员，于是便被厂里提拔成了班长，这样也就被划成了县革委主任的心腹。后来林彪路线时，县里的军代表，要整老主任，只要抓住朔山的辫子，便可办个老主任重用坏人的罪名。所以，住酒厂的军代表，一个副排长，便像苍蝇一样，盯住朔山的一举一动，如果朔山当值班时酒不满花，出酒率下降，那这破坏生产的罪名立马成立。在那个时代，一牵连，便是一大批干部的倒台。

这满花酒满不满花，这一锅酒的出酒率，决定于这锅酒蒸馏时的蒸气猛不猛。那么，这决定蒸气猛不猛的权力，便在隔壁县农电厂锅炉班班长的手中了。他把阀门多拧一圈气就猛，少拧一圈气就弱。朔山从当勤杂工开始，每当出一锅酒后，就按例被班长派遣，送一茶缸满花酒到电厂锅炉房去。当时锅炉班的班长叫马亚先，是一个高大魁梧的豫东大汉，四十多岁的老光棍，大概和煤炭打交道多了，那本来在农田里晒得油亮的古铜色皮肤，变成了黑灰色，浓眉大眼，满腮胡子碴，少言寡语，眉间有三道沟，刻划个川字，脸上永远挂着憨厚的微笑，远处看去，就是一尊铁水浇铸的人像。

在记忆中，第一次我送酒去，马师傅正挺起五米多长的钢扒，捅入红红的炉膛，在熊熊燃烧的煤火中，上下左右的搅。说也奇怪，那钢扒在他手中，简直就像支吹火筒，随着钢扒的搅动，那炉膛中猛地窜出无数火苗，然后腾一声卷成一片，燃成一堵火墙，甚是壮观。

我看见他那被火印红的脸庞，心里满是激动，竟然读出几句诗来：

工人阶级斗志昂

手握钢扒上战场

烈火烧毁帝修反

双臂捧出红太阳

……

突然，马师傅大喊一声"躲开"，只见他呼啦抽出烧得透红铮亮的钢扒，侧身躲避窜出炉膛，呼啸着向他扑去的火龙，"咣铛"一声把钢扒扔在地上。

马师傅哼哈哼哈地清除吸入呼吸道中的煤粉，吐出一口黑糊糊的痰来。

他大声地叫道："你刚才说甚么来哩？"

我把诗认真地又念了一遍，马师傅却哈哈大笑起来，那声音居然压倒了鼓风机的呼啸。

"年轻人"马师傅撕一片不知哪里搞来的狗肉，放进嘴里嚼着，再喝一口我递过去的酒，然后说："刚来的大学生？你那诗是大字报上的吧？"

"来来听我给你来一段，"接着他扯着嗓门，用豫剧调唱起"满花酒"：

香喷喷，油亮亮的烤狗肉

香喷喷滑腻腻的满花酒……

吃了烤狗肉，睏觉不尿炕呀

喝了满花酒，老婆乐悠悠呀……

据师傅讲，这支歌唱了几代人，好像是从当地老百性懂得用红薯干做酒起就有了，却没想到居然给马师傅带来巨大的灾难。

军代表说："你虽出身好，但经常唱黄色歌，要斗私批修。"

马师傅说："这歌唱了几代人，乍到了今个就要斗私批修？"

军代表说："人人都要斗私批修。"

马师傅说："林副统帅也要斗私批修。"

这一下可捅娄子了，军代表马上以攻击林副统帅的罪名要逮捕马师傅。报告到了县军代表处被批了回来说，只要马师傅能帮助揪出酒厂的现行反革命，便可以立功赎罪，不于追究。

朔山当然也得到了消息，知道自己已被套进一个阴谋之中。他也暗暗给自己一个决定：一旦被打成反革命，临死也不能认罪，因为罪名的成立，意味作一场很大的灾难。这天晚上，朔山做好了在现场被捕的准备，只等一旦出酒率下降，酒不满花，便随军代表去也。可不，从来不到现场的酒厂军代表，正在车间悠哩。

出酒了，朔山紧张地盯着出酒口，头上的汗辟哩趴啦地往下掉。但没想到，奇迹出现了，酒液喷流而泻，满缸酒花翻腾，全车间的工人。不约而同地欢呼起来。

朔山心里清楚，这是马师傅犯难帮了自己。

朔山也顾不得许多，依旧舀了一大缸满花酒送到锅炉房去，正好碰到电厂军代表气冲冲地离去，嘴里恶狠狠地说："走着瞧。"

朔山把酒缸递给马师傅，望着那铸铁般魁伟的身躯说："马师傅，谢谢……"

"拿酒来！"马师傅一把夺过酒缸，咕咕咚咚喝了几口。用粘满煤粉的手，摸了摸挂在胡碴子上的酒花，放开嗓子唱了起来：

香喷喷油亮亮的烤狗肉

香喷喷滑腻腻的满花酒

吃了烤狗肉，睏觉不尿炕呀

喝了满花酒老婆乐悠悠……

马师傅唱几句喝一口酒，唱着唱着眼里却涌出泪水来。歌声却传得老远，在夜空中回荡，悲壮而凄凉……

第二天，朔山依旧把一缸满花酒送到锅炉房，却不见了马师傅。向值班工打听，那人不吭声，却向窗外撇撇嘴，朔山会意望去，确见走廊墙上写的标语：“坚决镇压现行反革命马亚先。”

朔山捧着满花酒，眼前却浮现出马师傅带着脚铐，艰难移动的魁梧背影，止不住泪如雨下，啪嗒嗒落在满花酒里……

王麻子和他的老连长

由著名的巴塞罗那市向东北五公里处，有一个叫露纳的小镇，这小镇再向东北穿越 100 多公里绿油油富庶的赫罗纳省，就进入法国，成了西班牙通往欧洲大陆的必经之路。

据说这小镇 100 年前只是一个渔港，有人曾写过一首诗来赞美小镇的美丽："娇媚的阳光，在金子铺就的海滩闪耀；蓝色的浪谷，冲出一片欢叫的海鸟；轻纱似的薄雾，环绕着山间的碧绿；碧绿的树，把红色的屋顶拥抱……"再看那地中海：地中海是一个熟睡的蔚蓝色少女。阳光下鳞鳞回旋的水涡，是少女面颊上的笑靥；微风中起伏的海浪，不正是少女呼吸时忽闪着的乳峰……这种自然的美留住了富庶的德国人，渐渐成了德国人的社区。人高马大蓝眼睛的德国佬，把大把大把的美钞欧元撒在这里，使它变成了一座花花绿绿的现代海滨都市。

地中海蔚蓝的海水和金色的沙滩，像两条彩带向东北飘去，金色的沙滩却被浓浓的法国梧桐镶上一条绿色的边，绿荫下是铺着不同色彩的地砖的海滨大道，大道的里侧，开出了数不清的各式专卖海滩用品的商店，和不同国家风味的餐馆。王麻子烤鸭店，类似琉璃瓦镶金飞绿的屋檐，便骄傲而醒目地翘在这里。王麻子烤鸭店何时开张的已无从考证，但店老板王麻子颇为传奇的故事，倒是流言不少。

王麻子实在是不麻，他那张深棕色的圆脸，至今还留着豫东含有盐碱的风刻上的印记。生活留给他的惶恐眼神，使他显出朴实的狡猾，他那略带卑微的微笑始终挂在脸上，只是在忍无可忍结结巴巴发脾气时，扁平鼻梁上那几粒黑色的雀斑才凸显出来，仿佛是一片麻子。

1949 年国民党撤离大陆时，才 16 岁的豫东娃成了壮丁。在金门炮战时他负了伤，同是豫东人的陈斌连长，背回了血糊糊的他，他捡回一条命来。从此认比自己仅大 10 岁的陈连长为再生父母和恩人。命是捡回了但从此却成了个结巴，说起话来唔唔吃吃，喊个报告半天也"报，报不出来"。兵是当不成了，后来连长陈斌，找到一个时任坦克团团长的河南人朱武，这个朱武曾结业于英国某陆军参谋大学，在欧洲各国军界有不少同学，辗转设法把他送到了西班牙东北部落了脚。

那时中国人少呀，加以东西方人的审美观不同，他那扁平的鼻梁，憨厚的微笑和一笑就浮现的雀斑，居然被一个安达鲁西亚姑娘爱得死去活来，最终成了人家的女婿。在女方家的帮助下，开出了这家"王麻子北京烤鸭店"的营生。说是烤鸭店，不过是把鸭子用调好味的卤水卤熟，再用热油一淋就装盘上桌而已。反正那时的老外毕竟比今天好糊弄。

王麻子是不忘恩的，这是豫东汉子的血性。不久陈连长在台湾军中失势，离开了军队，到一家台北著名的餐馆做了保安。后来又找到朱团长帮忙，说也想去西班牙发展，朱团长立即拨通了王麻子的电话，王麻子兴高采烈地把老连长接到了西班牙，放在家中养着，反正开餐馆的，加一张嘴吃饭不算个啥。这陈连长行伍出身，浓眉大眼身材魁伟，加以上过军校读过不少书，还会一些英文，眉宇之间流出几分豪气。

王麻子的妻子叫伊莲娜，生得很有姿色。她表妹露丝更是个美人胚子。她那银铃般的笑声，常常使我们的陈连长手忙脚乱。终于她那绿茵茵的眼波，把我们的连长旋进了情涡，继尔闪电般的旋进了婚姻。这一下老连长成了"一担挑"，从辈分上讲还是表妹夫，算是亲上加亲了。但是在伊莲娜看来，既然是亲戚了就应亲不见怪了，老公养个恩人她都搞不明白，现在要养两口子简直是不可理喻了。

最后由王麻子给老连长租了套房子，又把老连长安排做了个帮厨，干点切菜配菜，打春卷皮之类的活路，开了份大厨的工资，算是正式分开过了。这一分开，可使两人的关系发生了微妙的变化。刚刚开始时，王麻子逢人便介绍："这这，这是我的老连长，我的救命恩人，他在炮火中，把我背…背…背下来…"要对老连长讲话时，总习惯于鞋后跟一碰，腰一挺："报，报报告连长！"送杯茶，端杯酒，总是先打声喊报告。对于习惯了下级报告的连长来说，这就是一剂精神上的慰藉。所以每当王麻子向自己喊报告时，陈连长总是晃着杯中的液体，慈爱地看着对方。

眼下老连长变成了雇员，恩人成了手下，这使王麻子喊报告时更为结巴，常常使"报，报，报，"字发不出音了。每遇到这种情况，陈连长总会一笑："改了吧，现在你才是连长呢！我是你的兵呀。"再往下对员工的规矩都对陈连长有效了，茶是二道茶了，上班时也不准喝白兰地了。老连长虽说心里不舒服，但闯荡江湖几十年的他，倒也知道"三十年河东三十年河西的道理"，把这些不痛快埋在心底算了。

这些微妙的变化，引起了一个人的关注。这个人就是在前厅跑堂的刚来不久的阿桂。做过饭店的人都知道，跑堂与后厨永远是搞不好关系的。出菜慢了跑堂吼，送菜慢了厨房叫。但对于与老板有特殊关系，脾气又大的二厨陈连长，阿桂总有点敢怒不敢言，渐渐便生出坏水来。

　　开餐馆生意总是有旺有淡。和所有老板一样，生意好时王老板虽说忙得满头冒汗，但那张脸呀总是像开着的一盆花。而当生意淡时，王老板的圆脸却呼的拉长了起来。王麻子虎着张长脸，不时瞅瞅空无人影的大门，然后摸摸桌面的台布，继而又拿起高脚杯，眯缝眼凑着灯光转圈圈看是否有不洁之处。不时又进入厕所，闻闻有没有臭味。每逢这种时刻，工人们便小心翼翼，稍不注意就会触了霉头，轻者挨顿臭骂，重者敲了饭碗。最后王麻子总会磨磨唧唧的走进厨房，小心翼翼打开冰箱，翻翻蔬菜，闻闻鱼虾，但从不讲句话，总是深深叹口气无可奈何的摇摇头。陈连长知道王麻子这是做给他看的，因为冰箱是他在管理。他是个职业军人出身，喜欢直来直去。他不怕老板指责他的不是，他讨厌老板那种不阴不阳的口气和摇头晃脑的做派，但他唯一能做的就是让老板挑不出毛病来。

　　这年春天雨水特别多，一连几天的雨下的街上行人都断了，自然王麻子的脸拉长了好几天。看着阴雨绵绵的天气，王麻子索性让大师傅休了假，按例陈连长顶了上去，得自己配菜自己炒，一身兼大厨帮厨两职。说也怪，大师傅刚休假第三天天就放晴了。憋屈好几天的老外，一下涌进了餐厅，这一下整个餐馆乱了套。

　　王麻子太太和阿桂在前堂招呼客人忙得头尾不顾，王麻子则在客厅厨房来回穿梭。说也怪了，这些老外在西餐馆就餐时，表现的文雅礼貌，等得再久也耐着性子。可一进了中餐馆，好像个个都是火烧着屁股的猴，骚动不安大呼小叫，弄得本来就因人手不够而紧张万分的王麻子，更是张惶失措。他额头上冒着汗，鼻梁上也挂着汗珠。更可悲的是他鼻梁上那副眼镜，一碰到汗气便生出雾来，他也顾不得擦拭，任由眼镜滑在鼻尖，眼睛却从镜框上费力望去。王麻子一会在前厅，冲太太和阿桂叫嚷，一回又转进厨房催陈连长："快！快！快……"

　　陈连长不愧是行伍出身，他一下排出三只锅，一只锅在火上烤干热油，中间那只锅却在搅拌着肉和菜过油，第三只锅再调味勾芡点油起锅。还要得空就配菜洗锅。熊熊的炉火，把他宽阔的额头烧的通红，一件白色背心汗的拧的出水，两支鼓起肌肉的肩背，在火光中油光闪亮。面对王麻子不停结结巴巴的催促，他满腔怒火但却也不答话，只是不时用钢炒菜勺，把熟铁菜锅砸得"叮里哐嘟"。

　　好不容易客人的菜出齐了，餐馆里出现了一片轻松。客人们聚精会神的品尝着盘中的美食，喝着各式各样的美酒，轻松谈论着自己的故事。跑堂们则两手后背着，挺直腰板站在视野好的地方，两只眼滴溜溜地环视着客人的动态，只要客人一有动作，便像脚底有弹簧似地射出去。厨房的陈连长却趁机脱掉湿漉漉的背心，就着水龙头用毛巾把自己洗了个透凉。

　　阿桂发现了动静，他一下子弹到了客人面前，习惯地把自己瘦削高挑的身体弯成对虾状。客人说的什么他几乎是听不懂的，但脸上按老板的要求总是挂着笑。和其他跑堂的笑所不同的是，他那长方脸盘一笑便成 V 形的眼里，总流露出一股下作气。阿桂是听不懂客人在叨叨什么，但他心里明镜似地知道，眼下会发生什么事情，因为这件事本来就是他的作品。阿桂原本是一个很管事的科长，手下有十几号子人听他使唤，后来经济上犯了事跑了出来才委身于此。他恨王麻子太抠门，正印证了资本家的剥削学说。有时真想像毛泽东那样，在这里发动一场革命，把剥削者们打翻在地。但他更恨陈连长，这个人虽说也算无产者一员，但毕竟是台湾的国民党军官，按大陆的政策，也够个历史反革命，可现在也欺负起我这个党内的正科级了。

　　阿桂嘴里一个劲应着"是，是，是，是……"，但他眼睛却随着客人的镀银餐叉，在空中划了一道弧停在半空中，在老外举起的镀银餐叉，居然挑着一屡牙签粗细的头发。全餐厅震动了，一刹那客人们都停止了用餐，所有目光都投向那把镀银餐叉。王麻子竟然惊出一头汗来，他冲着客人满脸堆笑用西语连连说"对不起"，奇怪讲西语时居然不结巴了。然后又一挥胳膊，大声说："今天这桌我请客了。"王麻子说罢，端着带头发的青豆虾仁，冲进厨房对陈连长大声嚷道："老陈你，你这是赶我客人呀？"

陈斌着实吓了一跳，因为他第一次听到王麻子这样对自己吼，也是第一次听见王麻子叫自己老陈。他定神一看，面前白生生，青脆脆的青豆虾仁里，居然有一缕黑黄的头发。

阿桂也趁机在一旁说道："你这不是要砸老板的生意嘛。"

陈斌拿起炒菜勺，在阿桂脸前一挥骂道："我 X 你个奶奶，你凭啥说是我的头发？"

阿桂忙躲进王麻子身后："老板，他还要打人呢？"

王麻子拉长了脸厉声说："老陈，你不要太过分了，你当这是你在台湾的连队呀？"

陈连长猛地扭转头来，两道犀利的目光锁在王麻子脸上，继而回到灶台边，扭开水笼头，洗起炒菜锅来。他机械地刷着锅，任水哗哗的流着，厨房里一下子静的只有水流声。

一会陈斌喃喃地自语起来："是啊，这不是我的连队，这不是我的连队！"他突然仰脸大喊："这不是我的连队呀！王麻子，老子不干了！"说罢陈斌一挥臂，手中的炒菜锅连同半锅水，飞了出去，哐当砸在了冰箱上。陈斌抓起自己的衬衣，甩在油亮的肩上，扭头就走。

在一旁傻了眼的王麻子，跟着追到大门口，一字排开两臂拦住陈斌的去路，涨红着脸结巴着："老，老，老连长……"陈斌并不理会王麻子结巴些什么，突然大声一喊："王麻子！"这一喊在王麻子听来，分明是在台中军营里老连长的口令，他后跟一碰腰一挺回答："到！"声音居然如此干脆响亮。

陈斌看着面前圆脸上凸显的雀班也不答话，伸手轻轻拍了下王麻子的脸，穿上衬衣拉拉前襟挺挺胸，迈着连长的脚步满足地走了。

www.ingramcontent.com/pod-product-compliance
Lightning Source LLC
LaVergne TN
LVHW031323190726
843493LV00013B/3022